「ああ、イきそうになっているのかな？

とても美しいよレティシア、青い髪で乱れる君は幻想的で、とても妖艶だ」

「あ、あっ、だめ……っ、そんな激しくされたら……もうっ」

引きこもり令嬢は冷酷な王太子に甘く溺愛される

～仮婚約は破棄させてください!!～

百門一新

Vanilla文庫

CONTENTS

プロローグ	7
一章	12
二章	54
三章	101
四章	138
五章	182
六章	257
エピローグ	309
あとがき	317

イラスト／カトーナオ

プロローグ

ラクール伯爵家の長女、レティシアは引きこもり令嬢だ。

王都の隣にあるラクール家の領地の別荘に暮らし、社交にはあまり参加しなかった。今年に成人の十八歳を迎えたものの、名前を聞いてもピンとこない者がほとんどだろうとはレティシア自身も思っている。

これは、彼女にとって〝必要な〟引きこもりだった。

館内からまったく出ないというわけではなく、晴れたその日の夜も、レティシアは屋敷から続く長い裏手階段を下りた。

（……誰も、いないわよね？）

別荘を囲む森の木々に目をこらす顔には、木の葉の影を落とした月明かりがかかっていた。内気なのが信じられないくらいに、その顔は美しい。

大きな蜂蜜色の瞳、白い肌に浮かびあがる薔薇（ばら）のような小さな唇。ナイトドレスを着た身体にまつわるハニーブラウンの髪は柔らかに広がり、月光の下で透き通るような美しい色合いを見せた。

（今日は、獣の気配さえないわね）

レティシアは湖がある場所を選んで建てられた別荘を背に、月光を静かに映し出した水面を見つめた。

ラクール伯爵家は、ロベリオ王国にある〝精霊の子孫〟の家系の一つだ。

その別邸は、豊かな森の中にひっそりと建てられている。

一族の祖先が迎え入れたのは【湖の精霊】で、稀有なことに、レティシアはその体質を持って生まれた。

彼女は祖先にあたる精霊と同じく〝月光浴と水浴び〟を必要とした。

人が食事をするように、それを欠かすと健康と安眠が損なわれるのだ。

『そんなのおかしいよ』

幼い頃、同年代の幼い令嬢令息達と交流をと両親に外へ連れ出された際に、そう一人の男の子に指摘された。

子供の何気ない疑問だっただろう。

けれど成長期のレティシアは気にした。そして水に触れた状態の月光浴さえも我慢したことがあった。

そうしたところ倒れ、命の危険があると医者に告げられた。

『お嬢様は成長期のため、今は月明かりを取り入れた湯浴み（ゆあみ）だけでは足りません。水に触れたくなるのは、我々が飲食をするのと同じくらい必要なことで祖先はそのため、あの湖がある場所を別荘に選んだと聞いております。ですから大人になるまでは我慢せず――』

健やかに元気でいて……そう泣いた両親を見て、彼女は【湖の精霊】の習慣を求める心に嘘（うそ）を吐かないことを決めた。

悲しませたくなかった。レティシアも、家族を心から愛していたから。

『水は冷たくないかい？』

『いいえ、お兄様。私の肌には、とても馴染（なじ）むのです』

昔、兄に心配されたことがある。

水はレティシアにとって、心地よいシルクの肌触りと温度に感じた。

（こんなにも天気がいいのに、今日はやけに静かだわ）

今夜の月光が差す湖の様子を眺めながら、肌にできるだけ月光を受けやすいようにナイトドレスを脱ぐ。

やがて衣類は彼女の白い肌の上を滑り――ぱさり、とすべて足元に落ちた。

湖へと入る。湖に浸（つ）かっていくごとに、彼女の長い髪が青く染まった。

（ああ、とても気持ちがいいわ）

家族が、ここまでと決めた位置まで進むと、一度そこで頭のてっぺんまで身体を沈める。

気持ちがいい。身体に生命力が満ちていくのを感じた。

「ふぅ……っ」

食事をした時のような満足感が身体に広がっていく。ぱしゃりと音を立てて立ち上がると、レティシアの髪はすべて青く変わっていた。

(誰かが見たら、とても気味が悪いでしょうね……)

白い肌にまとう青い髪を、手櫛で伸ばしながらそんなことをまた思う。

月光を受けると彼女の青い髪は、銀が交じったようにきらきらとした不思議な輝きもこぼした。

この輝きが出るようになったのは、八歳の頃からだ。

その時に専門家へ話を聞きに行ってから、レティシアは別荘に引きこもったのだ。

(父か、実の兄以外の男性に見られてはいけない)

約十年も気を付け続けてきた心労の息が口からもれた。

今でも心配して、別荘を訪れた際に時々兄が水浴びに顔を出してきた。今日は父と揃って別荘から数十分離れたカントリーハウスに泊まっているので、来ない。

今夜は、王太子を交えた伯爵家以上の貴族達の狩りがある。

そのまま男同士、カントリーハウスで過ごして翌日の午前中に解散予定だとは聞いた。

(……先日の、殿下もいらっしゃる)

レティシアは、先日顔を見た兄の上司を思い出した。

このロベリオ王国の次期国王にして、冷徹な王太子。

それは、年に数える程度しか王都の住まいに行かないレティシアでも知っている有名な話だった。

（確かに怖い印象のお方だったわ。お兄様が平気なのが不思議……）

そう思った時だった。

カサリ、と音が聞こえてレティシアはギクリとした。

「だ、誰っ」

怯(おび)えて振り返ると、森の闇へと何者かが走り去っていく後ろ姿があった。

揺れた髪が、月明かりで金色に反射して見えた。

裸体の上半身を抱き締めたレティシアは、その蜂蜜色の目を大きく見開いた。まさかと思って言葉を失う。

真っ先に彼女の頭に思い浮かんだのは、先日見た〝金髪を持つ王太子〟だ。

彼は今、カントリーハウスで父達と狩りを楽しんでいるはずだが――。

「見間違いでないとしたら……まさか、道に迷ってここまで来た……？」

すでに就寝用の明かりだけが灯(とも)っている別荘を背に、レティシアは震え上がった。

一章

それは、少し前のことだ。

母が別荘に訪れて、伯爵家の領地で王太子と貴族達の狩りが行われることが決まったと、レティシアに嬉(うれ)しそうに報告した。

王太子の執務室に勤務している兄がきっかけらしい。

土地の指名を受けるのは名誉なことだ。父も王太子に楽しんでいただけるよう、大喜びで準備に乗り出したとか。

「それもあって二人とも、今週も別荘に来られそうにないのよ」

「仕方ありませんわ、カントリーハウスの準備もしなければなりませんもの」

「そうなのよ。使ったものも補充しなければね。わたくしがこれからバセトと行って、品も確認してくる予定よ」

一週間ぶりに見る母は相変わらず元気そうで、兄と同じく溌剌(はつらつ)とした話し方をする彼女をレティシアは微笑(ほほえ)み見つめていた。

無理に会いに来なくてもいいとは、家族にはよく言っていた。

それでも手間を惜しまず父や兄も、月に何度か時間を作って馬車で一日半かけて別荘へ来てくれるのは、愛情ゆえなのだ。

「それでね、レティシアにもカントリーハウスへ一緒に行ってもらって、そのまま伯爵邸に戻るのはどうかしら？　そうしたら、お父様とお兄様にも会えますよ」

「えっ？」

「なあに？　話を聞いていなかったの？」

「い、いいえ、聞いていましたけれど……」

急な話の流れに戸惑った。

この国には、精霊の血を引く者達がいる。

精霊がいて、人間と異種婚していたというのは遠い昔にあった話だから、体質を受け継ぐ方が珍しかった。

レティシアは、その一握りしかいないと言われている精霊の体質持ちだ。

水に濡れると髪が青くなる。八歳まではそれだけだったのだが、どうやら髪に魔法が宿り、異性に魅了の魔法をかけてしまうようになってしまったらしい。

『月光にあたった際に、濡れた青い髪が光っているように見えたとお聞きいたしました。それは恐らく、魔法です』

『魔法……』

『精霊の体質持ちが起こす現象を、我々はそう呼んでいます』

ラクール伯爵家に言い伝えられている精霊は、【湖の精霊】だ。

この国には多くの精霊伝説が残されていて、湖に関わる精霊についても、またさらに細かく種類が分かれているのだそうだ。

月光を受けて輝きを放つようになったという現象から、専門家達は、女性の姿をした【ラトゥーサー】と呼ばれている精霊だと特定した。

——異性を魅了する魔法を持ち、自分を好きになったと錯覚させる。

青い髪に、精霊のその力が宿ってしまったようなのだ。

だからレティシアは、八歳以降、異性に見られてしまうリスクを下げるために別荘へ引きこもった。

「大丈夫よ。私がついていますからね。今の時期は王都近郊も滅多に雨がないから、外で濡れてしまうこともないでしょう?」

「でも……」

「実はね、お父様が、できればレティシアにも王太子殿下へご挨拶に行って欲しいと思っているようなのよ。アルフォンスも、一度だけでいいから頼みたい、と」

それは、——そうだろう。

兄のアルフォンスの職場は王太子の執務室で、今や王太子の右腕としても知られている。関係は良好だというが、訪ねたことは一度もないので分からない。

職場へ挨拶もしたことがない妹、というのもレティシアくらいなものだろう。

領地へ王太子を招くことが決まってから、母も、父と一緒に社交の場で改めて挨拶などもしたという。

(それなのに一族で私だけ顔を出さないというのは、失礼な話だわ)

ほとんど外へ出なくなってから人との交流が疎遠になり、人のいるところが怖くなってしまった——なんて個人的な意見で、兄の出世にヒビが入ってはいけない。

「……分かり、ました。殿下へご挨拶をいたします」

レティシアが王都行きを決めると、母はとても嬉しそうだった。

何せ彼女が王都の伯爵邸へ行ったのは春で、今はもう秋先。両親の友人達と社交を兼ねてお茶をしたのは、実に一年前になる。

自分付きのガーベラと数名のメイドを連れ、レティシアは母とカントリーハウスへと向かった。別荘の使用人達も王都へ移動し、あとで合流することになった。

母と共にカントリーハウスの屋内や外設備を確認し、現地の業者に手配をお願いしたあとで一日半かけて王都の伯爵邸へと到着した。

父も、そして伯爵邸の使用人達も、レティシアが来たことをとても喜んでくれた。

「変わりはないね。元気そうで良かったよ」

「ふふっ。お父様ったら、先月にお会いしたばかりですわ」

「もう先月の話じゃないか。いつも忙しくて、すまないね」

事業も右肩上がりで忙しい。

そんな中で手紙もよく書き、領地視察の途中で機会を見付けて立ち寄ってもくれる。母も頻繁に別荘を訪れるので、レティシアは寂しさなんて感じなかった。

「いいのです、お父様も元気そうで良かった——お兄様はお仕事ですか？」

「そうだ。だが一度戻ってくると言っていたな、今日予定通り到着するのなら本日にでも王宮を見せられそうだと張り切っていたよ」

「えっ？　まさかすぐご挨拶へ……？」

「うむ、そうすれば挨拶は短い時間で済むと考えてのことらしい」

あまり王都に来ない妹に職場の王宮を見せたい、という予定が入っていれば長居せずには済むだろう。

（……でも、それでいいのかしら？）

いかにも『挨拶はついで』感が出てしまうのだが、失礼にならないのだろうか。

何せ王太子は、冷酷なお人だと有名な——。

「馬車があったということは、帰ってきたのか！」

よく通る大きな声が聞こえた。

びっくりして振り返ったレティシアは、そこに三歳年上の美しい兄の姿を見付けた。同じハニーブラウンの髪、けれど母譲りで癖毛がない。

「アルフォンスお兄様――」

「おかえり俺の可愛い妹よ！」

駆けてきたアルフォンスが思い切り抱き締めた。そのせいで、レティシアは続く言葉を「むぐぅ」と兄の胸板でくぐもらせた。

兄は、いつも愛情表現が強めだった。他の兄妹のように、長く一緒にいられなかったことも理由だろう。

そしてレティシアが、人との関わり合いを避けていたからこそ触れ合いを多くした。

そうやって兄に抱き締められると、人の温もりを感じられてほっとした。それを分かって、アルフォンスは彼女を一層ぎゅっと抱き締めてくれた。

「おかえり、レティシア」

執事と共に戻ってきた母が「屋敷内を走るとはどういうことですっ」と目尻を吊り上げているが、彼はお構いなしだ。

「ふふっ――ただいま、お兄様」

レティシアは、大好きな兄を抱き締め返して安心しきった顔で微笑んだ。

急だったにもかかわらず、王太子から半休の許可までもらえたとのことでアルフォンスと共に王宮へ向かうことになった。

王太子一行を休日に狩りに招くラクール伯爵家の者として、挨拶をするためだ。

レティシアは緊張し、馬車の中で確認してしまう。

「お兄様、急にお時間を取って本当に大丈夫だったのですか？」

「問題ないよ。殿下はああ見えて情が厚く、お優しいんだ。妹が戻ってくるので王宮内を見せたいと言ったら、許可してくれたよ」

優しい？　とレティシアは首を捻ってしまう。

この国の王太子は、『冷徹で、冷酷な王太子』と言われていた。それなのに兄は、たびたび真逆の評価を口にした。

そんな噂の王太子にお目通りなんて、緊張しかない。兄の楽しい雑談も耳を素通りし、気付けば王宮に到着してしまっていた。

アルフォンスと共に下車したレティシアは、荘厳な王宮へと続く広い階段の入り口を見て眩暈を覚えた。

「お、お兄様……」

「大丈夫だよ、ほら、手を」

幼い年齢ではないので甘えさせてくれるのは恥ずかしい。しかし、レティシアは救いを求めるようにアルフォンスの腕にしがみついた。

そのままエスコートされて王宮へ上がる。

慣れない大理石の通路に上がると、貴族や勤め人達の視線が集まってきて、彼女はますます小さくなった。

注目は兄のせいだろう。

アルフォンスは眉目秀麗で、王太子の右腕として能力も認められている。そのうえ伯爵家の跡取りだ。注目も一層高まっているのだとは、母からよく自慢話を聞かされていた。

（でも、まさかこれほどだったなんて……）

見ているのは女性達だけではなく、一回り年上の貴族の男性も、アルフォンスに帽子を取って尊敬の意を示して言葉を投げてくる。

「殿下のところから少し出ていらしていたのですか？」

「急きょ後半に休みをいただいたのです。妹が本日、王都に来ましたので」

「妹……」

貴族の男性の丸い目が、レティシアへ向く。

何せ、美しいアルフォンスとは雰囲気すら随分違っている。そうレティシア自身も理解していた。

（きっと、こんな映えない女性がと思われたに違いないわ……）

人に会うのを避けてすっかり内気になっていた彼女は、自分が見目麗しいうえ、ひしっと兄にくっついている様子が愛らしくて視線を集めている、とは気付いていなかった。

アルフォンスと共に通路を進む。

これから会うことになるのは、この国の王太子、ウィリアム・フォン・ロベリオだ。

年齢は、兄より五つ年上の二十六歳。

プライベートでも仕事でも冷徹で怖い人である、という噂は有名だった。二十歳になった彼が、そろそろ婚約を考えては、と言われた際に『国のための仕事以外に割く時間はない』と一蹴した話も、今でも社交界で語られている。

王太子は、女性であろうと容赦がないお人だ。数年前に両陛下のはからいで見合いが行われた際、彼はたった数秒で仕事に戻ってしまったというのも有名な話だった。

『座ったぞ、これで終了だ』

そう彼に告げられた令嬢は、恐ろしさのあまり動けなかったとか。

それから彼の婚約や結婚については、両陛下も彼自身にタイミングを任せている状態だとは、レティシアも風の噂で聞いた。

そう考えて、改めて緊張に身震いした時だった。

「アルフォンス殿ではないか！」

広間を通って別の通路に入ったレティシアは、後ろからの大きな声に驚いた。

そこには、兄の同僚らしき若い男性達がいた。

「やぁ、ティッグ。君らは休憩かな?」

アルフォンスが、気心知れた相手と言わんばかりに手を少し上げて応える。

「これからランチに行こうと思ってね。ところで、聞きたかった本題は彼女だよ！　そちらにいるのが例の妹では⁉」

「とうとう深淵（しんえん）の女神を連れ出せたのか！」

青年達が、途端に騒ぎ出す。

言葉が出ないほど固まってしまったレティシアの一方で、アルフォンスが胸を張った。

「言っただろう、俺の妹は美しい」

「うんうん、耳にたこができるくらい聞いてる」

どっと男達が笑った。レティシアは、恥ずかしくなって下を向く。

どうやらアルフォンスは、妹贔屓（びいき）をして王宮でそんなことを言いふらしているらしい。

（『女神』だなんて、畏れ多いわ）

女神と言われているのは、社交界で有名な美しい二人の令嬢だった。彼女達と同じようにたとえられていることにも恐縮する。

「そ、そんなことはございませんので……」

「あっ、すまない、困らせるつもりはなかったんだ」

「すっかり震えさせてしまった。可哀想なことをしたな、申し訳ない」

気付いた男達が焦って詫びると、アルフォンスが困ったように笑った。

「妹は少し内気なんだ」

「確かに、アルフォンスとは違って新鮮な照れようだなぁ」

「それでいて、君が自慢していた以上の美しさだ。見てみろ、居合わせた全員の足を止めさせているぞ――」

「それ以上言わないでやって欲しい。妹は、この通り自覚がなくてね」

途端、男達が目を丸くした。

「それってジョークじゃなかったのかっ？」

そんな悲鳴を聞き届けたアルフォンスが「またね」と言って先を進む。レティシアは唖然と佇んだ男達に素早く会釈し、共に歩き出した。

王太子の執務室が近付いているのだと思うと、レティシアは緊張して息が詰まった。

「あ、あのっ、突然お邪魔してしまって本当に大丈夫でしょうかっ？」

「大丈夫だよ。連れてくると言ってあるし。それに、あのお方はパーティーなども嫌いでね。君を見たことがないというものだから、ちょうどいいと思って」

レティシアは滅多に王宮の会へは出席しない。王太子も仕事優先で出席は少ないらしく、タイミング悪く居合わせなかったようだ。

廊下に立つ警備を越え、アルフォンスが一つの金の装飾も凝った扉の前で足を止めた。

「ウィリアム殿下、私です、アルフォンスです。妹と挨拶にまいりました」

「入るといい」

低い、しっとりとした声が聞こえた。

レティシアはぞくっと背が粟立った。

怖い、というより腰にくる響きに驚いた。聞くだけで、胸を高鳴らせる美しい声をしていてとても不思議だった。

（こんな声を持つ男性は初めてだわ……）

その声の持ち主を見てみたい——そんな感情が込み上げた。

（お兄様が話してくれている『殿下』は、いったいどんなお方なのかしら？）

どきどきしていると、アルフォンスが扉を開けた。

「それでは失礼します」

扉が開くと、正面の奥に立派な執務机が見えた。

それが目に飛び込んできた瞬間、レティシアは「あっ」と息を呑む。

政務を担う場の厳粛な空気にも気圧された。その正面奥の立派な執務席、そこで腰を据えている男性の強い眼差しに心を奪われた。

そこにいたのは、兄の美貌をはるかに凌（しの）ぐ美しい男性だった。

後ろの格子窓から差し込む日差しで淡く輝く金色の髪、入室者を待つ彼の瞳は壮麗なエメラルドだ。

このロベリオ王国の王位継承者、王太子のウィリアム・フォン・ロベリオ。

レティシアが初めて目にした彼は、美麗でありながら不思議と線の細さを感じさせず、男らしく精悍（せいかん）な顔立ちをしていた。

（王族の男子が唯一持つという金髪……このお方が、王太子殿下）

その圧倒的な男性美に見とれてしまっていたレティシアだったが、じっと見つめられていることにハタと気付き、不意に怖くなった。

ウィリアムの目は圧があり、冷たく、噂の通り怖い印象があった。

すると、レティシアが怯えてすぐ、彼の目がくいっと細められて眼光が鋭くなる。

（あっ……王太子殿下を見つめ続けるなんて失礼なことをっ）

出会い頭の失態に身が竦（すく）む。

「レティシア？」

アルフォンスに不思議そうに囁（ささや）かれ、彼女は慌てて数歩進み挨拶をした。

「お、お初にお目にかかります、レティシア・ラクールと申します。兄がいつもお世話になっております」

だが、ウィリアムは反応を示さなかった。

室内で働いていた男達も戸惑い、書き物や書類を戻す手を止めていた。先程のことを失礼だと思っているのだろうかと勘ぐり、レティシアは震え上がる。

「殿下？」

アルフォンスが、きょとんとして呼んだ。

するとウィリアムが小さく咳払いを挟み、誤魔化すみたいに言葉を続けた。

「ここまでご苦労だった。私はウィリアム・フォン・ロベリオだ。アルフォンスとは、彼が研修で各部署に実地に入っていた頃からの付き合いなので長い。君も、兄と同じく私のことはウィリアムと呼ぶといい」

室内が、控えめにざわっとした。

「ほぉ。あの殿下が、一思いで長い挨拶を」

アルフォンスが顎に指を添えて呟いた。

一気に色々と告げられて、レティシアは混乱した。堅い声だったので、少し機嫌を損ねてしまったのだと受け取って慌てて答える。

「ほ、本日はお忙しいところ唐突に訪れてしまったこと、王太子殿下にはお詫び申し上げますっ。手を止めさせてしまい誠に申し訳ご――」

「構わない」

重ねた謝罪も遮る速さだった。

またしても室内に小さなざわめきが広がる。

（……王太子殿下からの第一印象を、悪いものにしてしまったのかも）

レティシアは、胸がぎゅぅっと痛くなった。期待の目で双方を眺めていた同僚達は、「ほぉ～？」と呟いているアルフォンスに気付くと、「早く間に入ってやれよっ」と小さく声をかけていく。

その声に、レティシアは仕事中であることをハタと思い出した。

王太子の執務机の上を見ると、多くの書類が積まれていた。

機嫌が悪くなってしまった原因の一つは、きっとこれだ。

「お、お兄様、それではそろそろ……」

これ以上仕事の邪魔をしてはいけないと思い、兄の袖を引いた。

「執務室内は見ていかなくていいのかい？」

「とんでもございませんわっ、殿下もとても困りますでしょうし――」

「見たいのなら見ても構わない。君の兄の職場でもある」

ウィリアムに唐突に声をかけられ、驚きで心臓が止まってしまいそうになった。

そう言った彼は、すぐに「いや、そうか」と呟いて顎を撫でる。

「女性に面白いと思えるものは何もないな。母上も長居を嫌う――そうだ、アルフォンス、妹は王宮の二階のサロンさえ見たことがないと言っていたな?」

「はい、そうです」

「あちらは眺めもいい。ここよりも、そちらを案内してやるといい。私が許可するので、普段私と休んでいるところも好きなだけ案内してくれていい」

たくさんのことを言ったウィリアムに、部下達があんぐりと口を開けている。

同じく眺めていたアルフォンスが、にこっと嬉しそうに笑った。

「殿下、ありがとうございます。妹はなかなか出てこないもので、いつか見せてやりたいと思っていたのです」

「何度か聞いたな。確か……精霊の体質があるとか」

考えつつ口にしたウィリアムの目が、レティシアへと戻る。

「――髪が青くなる、のだったか」

室内の空気がざわっと震えた。

身体の一部の色が変わるというのは、稀有だ。まだ青い髪に魔法の力がなかった幼い頃に、貴族の子供達に好奇の目を向けられたことをレティシアは思い出す。

(やっぱり変、に思われているわよね……)

彼のエメラルドの瞳に映し出され、彼女はとても緊張した。

彼は口にしたあとも、ひたすらじっと見つめてくる。

嫌悪感は顔に出ていないようだが、何を考えているのか分からない冷たい表情だ。

（やっぱり、怖いわ……）

レティシアは小さくなった。何やらアルフォンスが「ニヤニヤするな、知らんふりをしろ」と促して、室内の男達が仕事に戻った時だった。

「……湖の……女神……」

何やら、ウィリアムが呟いた気がした。

聞き取れなくて、レティシアは小首を傾げた。視線を戻したアルフォンスが、失礼にも口元をニヤニヤさせる。

「殿下、何かおっしゃいましたでしょうか？」

「――いや、なんでもない。ただ」

一度目をテーブルに向けたが、ウィリアムの視線はすぐレティシアへと戻った。

「兄と同じハニーブラウンの髪であるのに、彼女の髪は、日差しの明るさに透けると絹のようだなと思って」

知らんふりで仕事を再開していた男達の方から、「ごほっ」と聞こえた。

レティシアは、かぁっと頰を染めた。そんなお世辞の一つさえ異性に言われ慣れていなかった。

それを見たウィリアムが、少し目を見開く。

「んんっ――殿下、意外に思われるでしょうが、妹は褒め言葉にも慣れていないのです。堂々とくどいていただかないでくれると助かります」

アルフォンスが、笑い声をこらえるような咳払いをした。

それを聞いたウィリアムが、頬をさっと染めた。

「そ、そうしようと思ったわけではなくっ、その……！」

「なるほど、自然に出たお言葉だったわけですね。さすが殿下です」

「アルフォンスッ」

「茶化しを失礼いたしました――さ、レティシア、行こうか」

何やら大変満足そうな兄に背中を押され、レティシアはようやく執務室をあとにすることができたのだった。

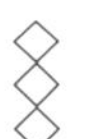

そしてウィリアムは、毎年秋先入りを祝って、王太子が貴族らと狩りを行う行事の出発日を迎えた。
今日まで仕事に追われていた彼は、国王夫妻達の方へ顔を出したのち、迎えに来たラクール伯爵家の馬車に乗った。

（なんとも、落ち着いた空気がある）

ウィリアムは張っていた気を馬車の中で解いていた。足を組み、窓に頬杖(ほおづえ)をついてラクール伯爵の話を聞く。

アルフォンスの父であるラクール伯爵は、領地の狩場についてにこやかに語っている。時々息子に「焦りすぎです」と言われて、説明を助けられて照れて笑っている姿は、ウィリアムの目には新鮮に映った。

（ああ、そうか。彼は王太子ではなく、私自身を見て話してくれているのか）

これまでの貴族達と違って空気が心地いい理由は、それだったらしい。この息子にしてこの父有りだな、とウィリアムは思った。

アルフォンスは親友と呼ぶに等しい男だった。

しかしそれを理由に、その父と親しげに話すことはなかった。王太子が一方の貴族に偏ってしまうと、嫌な顔をする貴族もいる。

並んだ親子の髪はハニーブラウンだ。

ラクール伯爵の柔和な目は、思えば彼女によく似ている。

（目元は、父の譲りなのか）

ウィリアムは、またしても彼女を思い返してしまった。

アルフォンスの妹で、十八歳の伯爵令嬢レティシア。不安に濡れた瞳は蜂蜜色をしていて、父や兄と違ってその髪はさらに繊細美の色彩をしているように思えた。

久しぶりの王都だとは聞いた。週末、縁談探しのアピールにラクール伯爵夫人が社交に連れて回ったりするのだろうか。

「ところで、妹は週末を伯爵邸で過ごすのか？」

気になってずっとそわそわしていたウィリアムは、説明を聞き終わるなり早々に尋ねてしまった。

あの外見だ。社交に出れば誰もがこぞって声をかけるだろう。

「いいえ？　翌日には別荘へ戻りました」

ラクール伯爵が、不思議そうに言った。

「――そうか」

ほっとしたのが伝わったのか、アルフォンスの笑顔が二割り増しになった。

彼に妹のことを不自然なくらい何度も尋ねていたことを思い返し、ウィリアムは顔の下を手で撫でながら車窓へ視線を逃がした。

アルフォンスの妹は、なかなか表に出てこない。

快活で美しい兄に対して、妹の方は大人しく物静かで絵画から出てきたような美少女であるという噂は、ウィリアムも耳にしていた。

社交界の噂は、半分以上あてにならないものだとは経験から知っている。容姿に関しては、兄の妹贔屓もあるのだろう――とウィリアムは思っていた。

だが、あの時執務室で彼も、一瞬で目を奪われてしまった。

衝撃が胸を貫いていって、呼吸さえ奪われるような感覚があった。

（噂以上の、精霊のように美しい少女だった）

社交界で『女神』と呼ばれている令嬢は、二人いた。

大公と婚約したギヴォン公爵令嬢と、才女としても有名なバルロッグ侯爵令嬢だ。ウィリアムは彼女達を見ても、「そうか」としか思えなかった。

しかし――レティシアは、彼の心を一瞬で摑んでしまったほど美しかった。

初々しさと、美を同時に兼ね備え、まさに精霊の化身のような女性だった。その蜂蜜色の瞳に映し出されたウィリアムは、初めて異性に見とれた。

『――髪が青くなる、のだったか』

見たい、と思ってそう口にした。

青い髪も、さぞ美しいだろう。不躾にも女性をまじまじと見続けたのは、あれが初めてだった。

一目見たあの日からずっと、いつまで経ってもウィリアムの頭から、彼女が離れないでいる。

（――狩場は、別荘に近いと言っていたな）

近くからこっそり姿を見られないだろうか。

散策している様子か、窓に映った姿だけでもいい。もう一度会いたい。

その時、アルフォンスがくつくつと笑うのが聞こえてハタと我に返った。

「ふっ、ふふふ、ウィリアム殿下でもそんな顔をなさるんですね。あなた様は本当にご自身にも素直でないお方だ。昨日も言いましたが、いつでも相談してくれていいんですよ？　よろしければ、妹も別荘から連れてきましょうか？」

「彼女の迷惑になるだろうがっ」

思わずウィリアムが素でそう言い返したら、彼が声を上げて笑った。

ラクール伯爵が、心配そうにうかがってくる。

「殿下、いかがされましたか？　よくは分かりませんが、うちの息子が申し訳なく――」

「なんでもない。大丈夫だ、気にするな」

早口でそう言われたラクール伯爵は、隣の息子を見た。

「仲がいいのはよく分かったが……アルフォンス、いい加減笑うのをやめなさい。父は何がなんだか分からないし、とにかく、くれぐれも失礼のないようにな」

彼は自信のない声で告げ、腹のあたりをさすった。

それから、王太子を乗せた馬車が、一日半後にカントリーハウスに到着した。

待ち合わせていた貴族達もほぼ同日に合流し、領地内で王太子を含んだ公式の狩りが楽しまれた。

——のだが、その日の夜に事件が起こったのだ。


月明かりの下で水浴びをした翌日、レティシアはひどい目覚めを迎えた。

(……見られて、しまった)

誰に、と考えて思い浮かぶのは、唯一金髪を持った王太子ウィリアムだ。

心臓がどくどくとしてうまく眠れず、気付いたら朝を迎えていた。起床を確認しにきた彼女のメイド、ガーベラがひどい顔色を見て悲鳴を上げた。

「お嬢様、どこかお身体が悪いのでございますかっ？」

「違うの……お父様か、お兄様を……すぐ、会いたいわ」

「いったい何が——」

「もしかしたら、見られてしまったかもしれないの」

それですべて伝わったらしい。

入室してきたメイド達も、息を呑む。不安感で押し潰されそうだったレティシアは、その視線を責めだと受け取った。

「狩場から遠いと楽観的に思ってしまった私が悪いの。月光浴も、浴室だけにとどめておけば……！」

思わず両手に顔を押し付け、狼狽(ろうばい)したレティシアを誰もが心配した。

昨夜、夜の水浴びをしていた時に誰かがいた。

彼女のそんな訴えを聞いて急ぎ使者が出された。そして午後には、カントリーハウスから父とアルフォンスが駆け付けた。

「ああ、お父様っ。何か異変はございませんでしたか？　わ、私のせいで、もしかしたら家が罰せられて……！」

「レティシア、落ち着きなさい。大丈夫だから」

父は、午前中に王太子と参加者達の出立を見届けたが、その際ウィリアムに変わった様子はとくになかったと告げた。

「月光で金髪に見えそうな者達にも覚えはある。急ぎ、確認しよう」

「わ、私もまいりますっ」

「俺も協力しますよ、父上。殿下の方はお任せを」

そう兄も申し出て、心配そうに見守っていた母も含めレティシア達も王太子達を追いかけるように別荘を出立した。

なんとも慌ただしい馬車旅だった。

王都の伯爵邸に到着したのは、翌日の夜だった。

翌朝、すぐに父が執事を連れて外出した。続いて、休みをもらっていたはずのアルフォンスも王宮へと向かう。

レティシアは屋敷で、生きた心地がしない時間を過ごした。

間もなく、先に戻ったのは父だった。口頭でも確認してきたが、別荘に近付いた者はいなかったという。

「となると金髪に見えたという御髪（おぐし）は……ウィリアム王太子殿下なのだろうか？」

「ですがあなた、そもそも殿下は、どうして別荘の近くまでいらしたのでしょう？」

心配する母の言葉に、父も難しそうな顔をする。

「殿下は見事な狩りの腕をされていた。乗馬の技術も素晴らしくてな。恐らく、別荘の森まで獲物を追い駆けてしまわれたのだろう」

レティシアが見た『金色』が見間違いでないとしたら、水浴びの場に居合わせたのは、ウィリアムだ。

そう家族の意見は一致し、アルフォンスの知らせを緊張して待った。

ほどなくして彼が王宮から戻った。執事に案内されて全員が揃ったリビングに通されるなり、アルフォンスがぎこちなく切り出す。

「ええと、まずは落ち着いて聞いてくれ。ウィリアム殿下の症状だが……眉間から皺が消えた」

「は？」

父が呆気に取られた顔をした。

「アルフォンス、あなたこそ落ち着きなさい。それはいったいどういうことなのです？」

尋ね返した母も、気が抜けた表情だ。

「それは共に仕事をしている俺達にとっては、かなりの異変でして」

ウィリアムは、王宮に到着した途端に緊張でも抜けたかのように倒れたという。

そして目覚めてから、どこか様子が変なのだとか。

先程実際に見て来たアルフォンスは、眉間の皺がないのが外見的な一番の異変であり、誰もが戸惑っていた様子だったと語った。

「レティシア、まずは安心して欲しいんだけど、今のところ命にだって別状はない。仕事もいつも通りこなしておられるよ。……まぁ、眉間に皺がなさすぎるせいでかえって怖いというか」

血の気が引いた妹を見て、アルフォンスは急ぎ言った。父は緊張をまたしてもそがれたと言わんばかりの顔で「また眉間の皺か？」と呟く。

「お前にとって、殿下はいったいなんなのだ……？」

「父上、殿下はああ見えてツンなのです」
「こらっ、畏れ多いぞ」
　父は慌てたが、おかげで母も緊張が少し解けているようだった。
　眉間の皺がなくなる、という異変が起こっているらしいが、レティシアも父達と同じく
どういうことなのか分からない。
「それは【湖の精霊】の〝水浴び〟を見たせいで魔法に……？」
「俺たちの目から見ても判断が付かない。青い髪の魔法にかかっているのかどうかを確か
めるためにも、君を連れてきて欲しいと頼まれた」
　胸に手を添えて「いいかい？」と覗き込んできたアルフォンスに、レティシアは心臓が
きゅっとする。
　すると母が、駆け寄って強く抱き締めてくれた。
「ああっ、レティシア！　大丈夫ですよ、あなたにはわたくしと父が付いていますから
ね」
「お母様……」
「王家から知らせなどはなかった。きっと、大丈夫だ。帰りを待っているよ」
　そう父に励まされ、額へキスを贈られた。何かあれば全力で守るからと言った二人に、
レティシアは涙が出そうになった。

（何が起こっているのか、私自身の目で確かめてみないと）

レティシアはアルフォンスと共に、伯爵家の馬車で急ぎ王宮へ向けて出発した。


王宮は普段通りに見えたが、出迎えてくれた騎士達の顔を見れば緊張が滲んでいるのが分かった。彼らは王太子付きの護衛騎士部隊だと述べた。

「あの、わざわざ迎えを……？」

「これは王太子殿下のご指示になります」

「殿下の……」

来ることは彼の方にも知らされたらしいが、一度会っただけの部下の妹に対しては、おかしな命令だ。

彼らだってわけが分からないのだろう。騎士達が戸惑っているのも察し、彼女は口をつぐんだ。

アルフォンスは顔見知りだったのか、彼らに軽く苦笑して声をかけていた。

「しっかりなさい、君達は優秀な護衛騎士だ。そんな顔をしたら、妹も不安がる」

「はっ、申し訳ございません、アルフォンス殿」

護衛騎士達に導かれて王宮内を進んだ。

王太子の執務室の扉前には、中から出されたという事務官達がいた。今は、王太子は専門家と面談しているとか。

　そう話を聞いている間も、レティシアの手は震えていた。

　元々細く、色も白い少女だ。護衛騎士達も、居合わせた事務官達も大変心配そうに見守っていた。

　間もなく、執務室から専門家が一人で出てきた。

「わたくしは普段の殿下のご様子は存じ上げませんが、今のところ応答にはぼんやりとされていて——ああ、大丈夫ですから。そう身構えなくてよろしいのですよ」

　専門家が、一層震えてしまったレティシアを落ち着けた。

「早急なご報告などの対応には両陛下も感謝されておりました。もし魔法がかけられている状態なら、あなた様を近付けることで何かしら反応が見られるはずです。このたびは、その症状を確認したいと思っています。どうか、ご協力を」

「は、はい」

　レティシアの返答を聞き届けた専門家が、アルフォンスを見る。彼が頷くと、案内してくれた護衛騎士達が扉を開けた。

「ウィリアム王太子殿下、アルフォンス殿がレティシア嬢を連れて戻りました」

　開けられた扉の先には、初めて訪れた時と同じく執務机にウィリアムの姿があった。

　——けれど、どこか変だ。

レティシアは、ゆっくりと目を上げてきた彼に「あっ」と声をもらした。

(確かに眉間の皺がない……)

それでいて、どこかぼうっとしているようにも見える。

すると、ウィリアムがエメラルドの目を見開いた。ゆっくり立ち上がると——不意に甘く微笑んだ。

「ああ、よく来てくれたね」

見た全員、もちろんレティシアも思考ごと固まった。

ウィリアムは『冷徹』『冷酷』といった印象も吹き飛ぶにこやかな表情を浮かべ、真っすぐレティシアのもとへ向かってくる。

「君が来ると聞いて、待っていたのだ」

柔らかなその声色は、聞いていると妙に背がぞくぞくと震える。

この人は、いったい誰なのか?

レティシアは困惑しながらも、来た目的を思い出してどうにか入室した。元々いいお声だと思っていたが、今のウィリアムの声は腰が砕けそうな威力だ。

「声を聞かせてはくれないのか?」

「あっ、ご、ごきげんよう。王太子殿下におかれましては——」

「そんな堅苦しいことはしなくともいい。気を楽にしてくれ」

目の前まで来たウィリアムに、そっと手を取られた。

戸惑い見上げると、彼は真っすぐレティシアを見ていた。誰の目にも、彼が彼女しか見ていないのは明らかだった。

（な、何……？）

ウィリアムが片膝をついた。触れられて緊張した直後だったレティシアは、王太子にそんなことをされて驚愕した次の瞬間、心臓が止まりそうになった。

「ああ、レティシア嬢、君こそが、私の運命の人だ」

レティシアは思考ごと固まった。周りが騒然とし、なぜかアルフォンスだけが顔を横に向けて「ぶふっ」と噴き出した。

いったい、何がどうなっているのか。

相手はあの冷酷な王太子だ。それなのにレティシアに向けられているウィリアムの美しい顔には、今、優美な微笑が浮かんでいる。

「なんと美しい私だけの女神なのか」

そう言われ、手に口付けまで贈られてレティシアはふらりとした。

情報量の多さに頭がパンクしそうだ。眼差しや表情だけでなく、彼の態度からも好意を向けられているのをひしひしと感じた。

――これは、明らかに〝魔法〟だ。

先日の態度から一変して、冷酷な王太子が自分に愛を囁いている。

悟ったレティシアがよろけて一歩後ろに下がると、限界に達したのを感じたのか、アルフォンスが支えてそれとなく引き離してくれた。

それを見た途端、ウィリアムがむっとして立ち上がった。

「アルフォンス、なぜ私から彼女を離すのだ」

「殿下、ひとまずは落ち着きを。あなた様は、俺の妹とはまだ二度目の顔合わせです」

「彼女は私の運命の人なのだ、顔を合わせた数など関係ない」

聞いていた者達が再び「ごほっ」と咳き込んだ。

レティシアは、自分の肩を抱く兄を見るウィリアムの目に、みるみるうちに強さが戻っていくのを見た。

それは邪魔されていることへの強い憤りだ。

部屋の外から見ていた事務官達が、あわあわと専門家をつつく。

「あの殿下が、親友のアルフォンス様に敵意を向けておられますっ。大丈夫なのでございますか⁉」

「ふむ。【湖の精霊】の水浴びを見た効果で、魅了の魔法にかかってレティシア嬢しか目に映らない状況のようですな」

「み、魅了？　それで殿下は私のことを『運命の人』だとおっしゃってい――」

いるのですか、とレティシアは言葉を続けられなかった。

肩を抱く兄が急に後方に寄ったので、驚いた。いったいなんだろうと思って視線を戻してみると、前に進んだウィリアムの手が空を摑んでいる。

「アルフォンス」

ウィリアムの口から、憤怒を抑えた低い声がもれた。

その目には怒りがあった。レティシアは身が竦んだし、様子を見守っていた者達もあまりの気迫に固まっていた。

「兄という立場に免じて大目に見てやろう。彼女をこちらへ渡すんだ」

「えーと……さすがに、今の冷静ではない殿下には渡せません。そもそも、あなた様は仕事中でしょう？」

「彼女との時間にあてることにした」

「失礼ながら殿下、あなた様は今、魔法で優先事項が見えていない状況にあるかと存じます。本日の仕事は遅らせられないものでございます」

「魔法？　身に覚えがないな。さあ、私の運命の女性を返せ、アルフォンス」

――そこから、あっという間に騒ぎになった。

ウィリアムはレティシアといたがり、魔法のせいなのだと何度説明してもまったく耳を貸す様子がなかった。

やや冷や汗をかきつつ、アルフォンスが冷静な対応で退けようとしたが止められず、兄妹の身の安全を考えて護衛騎士と部下達がウィリアムを抑えにかかる事態となった。

その隙に、専門家が二人を「こちらへ」と言って執務室の外へと逃がした。

「レティシア嬢、ご協力をありがとうございました。いったん、ここはお引き取りを」

落ち着けるまでは離れていた方がいい。

あとの判断は陛下達に任せることになり、レティシアはアルフォンスに連れられて、急ぎ王宮をあとにした。

兄と共に帰宅したものの、レティシアはこの先いったいどんな結果が待っているのか気が気でなかった。

王太子殿下ウィリアム・フォン・ロベリオは、精霊の末裔(まつえい)であるラクール伯爵家の【湖の精霊】の魔法がかかってしまった。

彼は今、レティシアしか見えていない。

それを目の当たりにしたレティシアは、責任感で圧し潰されそうだった。

だが翌日、そんな彼女の心境を察したみたいに、朝一番に使者から両陛下の温かな言葉が書かれた手紙が届けられた。

『あなたのせいではない。お気になさらないで』

王妃も、そのような内容を書いていた。

今回のウィリアムの件については〝偶然にも別荘の敷地に迷い込んでしまったウィリアムが悪い〟のだと考えているようだ。レティシアにはなんら非はないのだと、手紙には書かれていた。

レティシアは重圧感が少し解消されたものの、その早々の決定を不思議にも思った。

（陛下が断言されたということは、側近方も承認しての結果、よね……？）

この国には、精霊の子孫とその体質を持った国民が一握りいる。

魔法についても、あくまで体質なので、悪と決めつけてはならないと定められていた。

そのためレティシアと家族は守られたのだろうか。

『突然通り雨に降られても、自然の原理なので君らは罵ったりしないだろう。稀にある、にわか雨からの虹――それもすべて、愛すべき偶然が作り出した神秘なのだ』

大昔の哲学者アガレ・ディーファの、そんな言葉も有名だった。

レティシアとしては家へなんらかの罰があると怯えていただけに、非難がないのには安堵した。

（どんな結果になったとしても、受け止めて、魔法を解くために尽力するわ）

そもそも、責任を課せられるとしたらレティシア一人に留められるべきだ。

わざわざ温かな言葉をくれた両陛下の心遣いにも感謝し、今後のことは専門家と王家の話し合いに身を委ねることにした。

そして、王宮から帰宅して二日後、書面を持った騎士の来訪があった。

レティシアは両親と揃って、玄関フロアで騎士が書面を開き、読み上げる言葉を緊張の面持ちで待った。

「このたび、レティシア・ラクールと王太子殿下の仮婚約が決定いたしました。レティシア嬢は実質、王太子妃第一候補者となりましたことを申し伝えます」

「えっ⁉」

予想外の驚愕の報告にふらりとしたレティシアの背を、母が慌てて支える。

「我が国にはない制度ではございますが、結婚候補者としての位置付けとしての初めての試み――と国民には説明されます。こちらが両陛下からの書面にございます」

言い伝えられた決定は、なんと仮の婚約が結ばれたという知らせだった。書面を震える手で受け取った父も、急ぎ目を通して狼狽した。

「……仮でも婚約などとっ。二人の意思一つで婚約が確定されてしまう内容になっているが、陛下達はそれでいいと本当におっしゃったのかっ？」

「はい。王太子殿下をよく知る者達からも、公平に意見を聞いたのちに、今回の件が承認されました」

あのあとウィリアムは、レティシアを今すぐ妻にすると言って聞かなかったそうだ。そこで国王は、いったん仮の婚約を結ぶことを提案して落ち着けた――というのが一連の流れだと、騎士は説明した。

国王達も大層困ったことだろう。

レティシアも心中を察した。だが、落ち着けるためにこんな大掛かりな策を講じることには反対だった。

「で、ですが、仮でも、そのためにわたくしが殿下と婚約だなんて」

「そこにいらっしゃるアルフォンス殿も、承認したうちの一人です」

騎士が手で示した。いったん王宮から急ぎ戻ってきたようで、玄関から入ってきたアルフォンスがいた。

「ああ、もう伝えたのか。さすがは軍馬、俺の馬車では間に合わなかったな」

「お兄様、どうして承認など――」

「魔法にかかっている状態だと知られると、余計な混乱を招くだろう？　貴族の中には、精霊の子孫に対するあたりが強い派閥も一部ある。結婚相手の有力候補が出たと騒がれる方が平和的だと両陛下もお考えになった。その説明役で俺がこうして訪れたわけだ」

「そうでしたの……」

「それにね、世間的には婚約者同士ということにしておいた方が、魔法の解除だって進めやすいだろう？」

追ってそうまで言われると、確かに最善の方法だとも思える。

信頼している兄から説明されたレティシアは、茫然としたまま視線を落とす。その隙にアルフォンスが、いまだ納得のいかない顔をしている父の質問を遮るように、さっとそばに寄って耳打ちした。

「――あとでお話が。そのために来ましたから」

「ん？　そ、そうか、分かった」

そんなやりとりも、レティシアは見えていなかった。

仮婚約だなんて、とんでもないことになってしまった。パニックになって蜂蜜色の瞳が潤み、あっという間に涙が溢れた。

「ど、どうしましょう……私が青い髪を見られたせいで殿下をおかしくしてしまっただけでなく、こんなことに……わ、私が、あの日、外で水浴びをしなければっ」

「レティシア、大丈夫ですよっ。お前のせいではないとは、手紙にも書いてあったでしょう？」

母がレティシアを抱き締め、慰めた。

「陛下達が良きようにしてくださいます。お兄様も付いていますからね」

「はい……はい……」

それでも、涙は止まらなかった。

ずっと気を付けてきた。それなのにレティシアは青い髪で魔法をかけてしまったのだ。

相手はよりによって、この国の王子様だ。

「レティシア嬢、どうか涙を止めてください。誰も、あなた様を責めていません。私も、私が所属する王宮騎士団もご事情はうかがっております」

どこか同情するような目で、騎士が手紙を差し出した。

それは二度目の国王からの手紙だった。執事に封を開けてもらい、目を通してみると、これまでレティシアが別荘に引きこもり、孤独を選んでまで魔法をかけてしまわないよう努力したことを褒めたたえてもいた。

（なんて、お優しい……）

今回レティシアは悪くない、息子が道も知らないのに、供も付けず偶然にも別荘の湖に立ち寄ってしまった――。

それが今回の原因であると、国王は手紙に改めてはっきりと書いていた。

その御心（みこころ）の寛大さに、レティシアは一層胸が痛んだ。

「すでに陛下達によって専門家が集められ、王宮に臨時のサポートチームも立ち上げられました。今回の件に全力を尽くしてくれる心構えです」

騎士はレティシアと両親がすべて読み終わるまで待ってから、そう伝えた。

「そこで、王宮からお願いが来ております」

「お願い……？」

「はい。レティシア嬢には、別荘へは戻らずに、このまま王都にとどまって欲しいのです。そのための仮婚約でもあります」

専門家の分析によると、魅了の魔法にかかってしまったことでウィリアムがレティシアに会いたい一心から、王宮を飛び出してしまう恐れがあるそうだ。

そこで、王太子の公務や仕事に支障が出ないよう王宮に通って欲しいのだという。

「レティシア、大丈夫かい？　やれそう？」

アルフォンスが、気遣わしげにレティシアを覗き込む。

「殿下には仕事をしてもらわなければいけない。今すぐできる処置策は、魅了の魔法をかけた君の姿を見ることで、彼の精神を安定へと繋げることだ」

人が行き来する場所に足を運ぶのは、怖い。

けれどあの夜、レティシアが月光の下で水浴びをしてしまったせいなのだ。

「……私も、魔法を解くことに全力を尽くします。ご協力しますと、そう皆様にお伝えください」

レティシアは震える手をぎゅっと胸に抱き締めて兄に答えたのち、知らせを持ってきてくれた騎士に向き直って、改めて深い感謝を示した。

小さく震えながらもドレスをつまみ、少し膝を曲げて最上級の礼をする彼女の姿は、美しさと相まって騎士の目さえ惹き付けた。


そしてその日、王太子ウィリアム・フォン・ロベリオが、結婚相手の第一候補者を決めて仮婚約したという知らせが王室の広報から発表された。

精霊の末裔の一族で、歴史もある名門貴族ラクール伯爵家の娘だ。

これまで王太子の吉報がなかっただけに、各新聞も『引きこもりの伯爵令嬢が、王太子妃第一候補として大抜擢された』と、祝いのごとく騒いだ。

──それは、喜ばしいことでもなんでもない。

そう知るレティシアは、胸が痛くてこの日から新聞が見られなくなった。

二章

仮婚約発表の翌日から、早速レティシアの王宮通いが始まることになった。

慣れるまでは一人で訪問するのは難しいだろうと配慮され、アルフォンスの出仕時間がずらされて、彼に連れられて向かう。

(……私が、殿下の仮婚約者だなんて)

馬車に乗り込んだものの、緊張して今にも吐きそうになった。

――青い髪の魔法は、魅了だ。

魔法にかかった者は虜になり、顔を見たくてたまらなくなる、のだそう。

そこで、ウィリアムが城を抜け出してしまわないためにも、定期的に顔を見せても問題ない立ち位置にレティシアは据え置かれた。

魔法でおかしくなっている彼を落ち着かせるためとはいえ、とんでもないことになってしまった。

そうぐるぐる思っている間にも、馬車はやがて王宮に到着した。

レティシアは、下車するなり事情を知らない貴族達から一斉に目を向けられて、小さくなった。

「うわー、かなり見られているなぁ。普段はこんなに人はいないんだけど……レティシア、大丈夫かい？」

「だ、大丈夫ですわ」

兄を心配させないため、とにかくそう答えた。

見に来られるのも無理はない。王太子と仮婚約したのが引きこもり令嬢なせいで、一層注目を集めているのだろう。

事情を知らない者達は、王太子が見初め、急な仮婚約が成立した、などなど勝手に盛り上がっているらしいのだ。

注目され慣れていないせいでいよいよ緊張は高まっていたが、眩暈をこらえ、差し出された兄の腕に美しい所作で手を添えた。

今のレティシアを通して、ラクール伯爵家を見ている者達も大勢いるだろう。

（お兄様に比べて普通だから、私みたいな子が候補者になったと失望されている真っ最中かも……）

品定めのように見られたレティシアは、あとで陰口を叩かれることを想像して、こらえきれず震える溜息をもらした。

「おぉ、さすがは俺の可愛い妹。溜息だけで、みんなうっとりだな」

「はい……？」

目を上げたら、アルフォンスがにこっと笑いかけてきた。

「まぁ、こんな展開でなかったとしたら、もっと注目を受けていただろうから君には良かったと思う」

それはいったいどういう意味なのだろう。

しかし、尋ねる暇もなく騎士が来て王宮内へと導かれた。

まず向かったのは、専門家達の臨時の仕事部屋だった。そこは図書館の近くにある精霊の子孫研究局の資料室だ。

そこに、精霊の体質や魔法関係で相談を受ける歴史研究家の方々が集まっていた。

「今回の仮婚約についての確認です。魅了は『顔を見たい』といった欲求などを高めますので、レティシア嬢にはできるだけ毎日王宮へ通っていただきます」

面会席に応じた専門家がそう言った。その後ろでは他の専門家達が、取り寄せた資料を棚に並べている
「雨が降っている時、雨が降りそうな時は通えないという希望はラクール伯爵からも要望があり、陛下も受理されました」

「そうでしたか」

良かった、と思ってレティシアはほっとした。

今の時期は雨が少ないとはいえ、新たな被害者を新たに出さないためにも、今回父が陛下に掛け合ってくれたその条件は重要だった。

「あなた様には、ロッド・マーヴィー氏が担当に付きます。彼は歴史や民俗学や考古学でも名誉を受け、博識で分析にも優れた大変優秀なお方です。かなり多忙なお方ですが、解決のため我々を引っ張ってくださることになりました」

心強い、とレティシアは思った。

紹介されたその人物は、ちょうど説明が終わったタイミングで、忙しない足音と共に入室してきた。

「担当者となりましたロッド・マーヴィーと申します。以後、お見知りおきを」

マーヴィー氏はレティシアに目礼し、兄のアルフォンスとは握手もしたのち、早速本題を切り出した。

「精霊の子孫の方々が起こす〝魔法〟は、どれも時間が経てば戻るものです。今回の精神操作系の場合も同じです」

「精神操作系……？」

「あなた様の一族が持つ魅了の魔法につきましても、精霊学や精霊史ではそのように分類されています。虜になり、夢中になった本人は、魔法にかかっていると自覚ができないのも特徴です。魔法が弱くならない限り、本人が違和感を抱くのも難しい」

先日、魔法を指摘された際のウィリアムの様子を見ていただけに、そこはレティシアも理解できた。

「とはいえ、精霊の子孫が持つ魔法というのは無害であると私は考えています。精霊の体質から、魔法を発症するのは六歳から九歳の間。そして、ほとんどは結婚するまでには魔法の力を失います」

「無害……」

いつか魔法はなくなってしまうものだとは思わなかった。

そこに驚きと、安堵を抱いたのも束の間、やはりレティシアは自分が持っているその魔法が無害とは思えず俯く。

女性も寄せ付けなかった王太子が微笑み、『運命の女性』とまで言ったのだ。

レティシアは変わってしまったウィリアムを思い返し、彼が正気に戻ったら……と考えると責められる未来が浮かんで、恐ろしくなる。

「精霊の子孫による魔法も稀有なため、前例がない場合がほとんどです。今回の【湖の精霊】、【青い髪に魔法が宿った精霊ラトゥーサー】についても事例はございません。そのため、集まった優秀な学者達が常に殿下の様子を確認しつつ調査と分析を進め、魔法解除へ向けて都度手助けしていきます」

マーヴィー氏が手で示すと、専門家達が照れ臭そうに手を振った。

「兄上様としても、変わられた今の殿下に妹様を近付けるというのも心配でしょうが、ご協力いただけましたらと存じます」

「いえ、俺としては魔法で面白いことになってきたなぁと――おっほん！」

マーヴィー氏の気難しそうな片眉が少し上がったのを見て、アルフォンスが仕切り直すように言う。

「魔法で別人のように振る舞われている殿下を目にした際には、確かに少し心配にはなった。でも、俺はあの人がどんなお方かは知っているし、信頼しているんだ」

そう言った兄に、笑顔を向けられてレティシアは不思議に思った。

「お兄様？」

「俺の可愛いレティシア。きっと大丈夫だよ、何もかもうまくいく」

アルフォンスは頭を優しく撫で、まるで未来でも見通しているかのような優しい顔で微笑んできた。

マーヴィー氏が率いる専門家達の対策室を出たのち、レティシアは兄の出勤に同行して

王太子の執務室へと向かった。

　警備の通路を抜け、やがて護衛騎士達が警護する扉が見えてきた。

(大丈夫なのかしら……)

　会うのが、怖い。

　先日見たばかりの、いまだ強烈に頭に残っているあの冷酷そうな王太子の様変わりした様子を思えば、予測不能すぎた。

　すると足を止めたアルフォンスが、入室直前に言った。

「えぇと、レティシアは〝耐性〟がなさすぎるから先に言っておこうと思う」

「え？　なんの耐性ですの？」

「まぁまぁ、いいからよくお聞き、俺の可愛いレティシア」

　にーっこりと兄が笑う。

「これから何があろうと、魔法のせいだと思って気楽に受け入れてくれ。殿下がどう言って、どう接しようと、君は君なりに仮婚約者として対応してておあげ」

「えっ……？」

　兄にそんな助言をされて驚く。

(で、殿下のご要望なら私が断れる立場ではないのだけれど……)

　いったい、この先で何が待っているというのだろうか。

そう持っている間にも兄が頷き、護衛騎士によって扉を開けられてしまった。

入室を促され、レティシアは兄の後ろから緊張気味に足を進める。すると正面の執務席に――見目麗しい王太子の、仕事をする姿があった。

（あのお方だわ）

見つめたその時、とくんっと胸がはねた。

心の声でも聴いたみたいに、彼がペンを止めてこちらを見た。

その瞬間、レティシアは彼のエメラルドの瞳に捉われたように感じた。男らしい強い意志を宿しているのに、なんて美しい――。

そんな彼の目が、不意に厳しさをゆるゆると抜いていった。

レティシアはそれを見て、室内の事務官達の仕事を進めている物音が耳にぱっと戻った。

ハタと我に返り、慌てて挨拶をする。

「お、お忙しいところ恐れ入ります。会いたいというお声をいただき、馳せ参じました。妹のレティシアにございます」

入室のタイミングが大丈夫だったのか気になった。事務官達は、書類をまとめたり運んだりと仕事も忙しそうだ。

すると、ウィリアムの眼差しが和らいだ。

「よく来てくれた。君が仮婚約者として来てくれるというので、屋敷に訪ねるのを控え、こうして待っていたのだ」

来て良かった、そうレティシアは心から思った。

やはり彼女が顔を見せないと、今のウィリアムは会いたくなって王太子の仕事を放って家にまで押しかけてしまうところがあるようだ。

「今日もなんと美しいことか。ブルーのドレスは、水に濡れると青銀色の髪になることを秘めた君の美しさに、よく似合っているな」

「ごほっ」

誰が咳き込んだのか分からない。

レティシアも、淑女なのについ小さく咽せてしまっていたからだ。

性格があまりにも違いすぎる。

彼の口から、流れるように賛辞が出たことにも驚愕していた。護衛騎士達も、表情を引き締めて小さく震えている。

ウィリアムが立ち上がった。やってきてレティシアの手を取るまで、流れるような仕草で本当にあっという間だった。

「あっ……」

「また会えて私もとても嬉しく思う。この前は見なかった髪飾りだな？」

彼に顔を寄せられたレティシアは、あまりにも近い位置に美しい男性の顔があって、目がちかちかした。

「は、はい。母が、髪を結い上げないのなら、せめて飾りをと……」

「君も私を意識した？　それもまた嬉しいことだな」

ウィリアムが微笑んだ。胸の前にかかっていたレティシアのハニーブラウンの髪を、指先でそっとすくい上げる。

甘い言葉と共に髪に触れられ、レティシアは頬を染めた。

彼に会うことを意識して、身だしなみを整えてきたわけではない。けれど俯く暇さえなかった。

「あっ……」

ウィリアムが髪を持ち上げて唇を付けた。そこからそのまま視線を上げられ、レティシアは目が合った途端に赤面した。

「仮婚約したばかりで、これはまだいけなかったかな？」

彼がくすりと艶っぽく笑う。

本当に、彼は、レティシアが見たあの怖そうな王太子なのだろうか？

「あ、あの、はい、そういうことは……」

「緊張させてしまったか。すまない、つい引き寄せられてしまった」

髪から手を離すウィリアムも、指先まで色っぽくて美しかった。

心臓がもちそうにない。色気だだ漏れな彼が、あの『冷酷な王太子』本人とは思えなくてレティシアの頭は混乱しそうになる。

「蜂蜜色の宝石もよく似合いそうだ。今度、それが付いた髪飾りを贈ろう」

「い、いえっ、お気持ちだけ有難く受け取らせていただきますっ」

慌てて手を振ったら、それを優しい力で彼に握られた。

「謙虚なのだな。けれど、いつかは私にそう望んで欲しい。君を、私が贈った品々で飾ってしまいたいのだ。私のものだと見せつけたい」

言いながら顔を近付けられて、レティシアは口をぱくぱくした。

まるで、キスでもされそうな距離だ。にっこりと笑った彼の後ろで室内の男達が「甘すぎる」と密かに吐きそうな顔をしているのが見えた。

その甘さを直接受けているレティシアこそ、今すぐ逃げ出したい心境だった。

（あぁっ、誰か、悪い夢だと言ってて〜っ）

けれど、目をそらしたいのに顎をくすぐられて、彼に視線を戻される。

「もっと私を見ていてくれ、私だけの美しい女神」

いい声で甘く囁やかれて、レティシアは限界がきそうになった。

彼は近すぎる距離で、睫毛の先までじっくり見てくるのだ。

「ぶふっ——レティシア、殿下はご休憩を取られるそうだ。少し歩いてくるといいよ」

今、兄は噴き出さなかっただろうか。

レティシアは、ぷるぷると小動物のように震えながらアルフォンスを見た。すると横を向いている彼のそばから、別の事務官がウィリアムは彼が着次第に小休憩を取る予定が組まれていたのだと教えてくれた。

「アルフォンスに案内されたのは知っているが、すべてではないだろう？　私にもさせてくれ。今日は、近くを少し歩こう」

――今日は。

レティシアは、心の中で言葉を繰り返してくらりとした。

彼は、これから毎日、デートの時間を取るつもりなのだろうか？

(引きこもりには、恋人役も荷が重すぎるわ……)

そう思っている間にも、レティシアはウィリアムに手を引かれて、部屋の外に連れ出されてしまっていた。


それから三日、毎日ウィリアムと執務室から一緒に出ては王宮内を歩いた。

ウィリアムは、まるで婚約者に親切丁寧に対応するように王宮内を案内した。

執務室周りの眺めもいい道、王宮の大きな正面入り口へと続く回廊。近くの石畳の中庭や、鑑賞用の植物や噴水なども見られる道――など日を分けて紹介していく。

もちろん、少し離れて護衛騎士も同行していた。

『何かあれば、彼らに助けを求めれば大丈夫だから』

アルフォンスに笑顔でそう推され、レティシアも少しは安心できた。

とはいえ、美貌の王太子にエスコートされて歩くのは王宮の者達の大注目の的に一層立たされて、きつかった。

「西の中庭に少し座ろうか。風も穏やかで、天気もいい」

「は、はい」

しばらく歩いたレティシアは、彼に誘われるがまま人々が行き交う建物の通路に囲まれた休憩用の西の中庭へ入り、そこのベンチに座った。

こうして二人並んで座るのは初めてだ。

（あれから三回目の散策だけれど……慣れないわ）

ウィリアムは、このあと会議の予定が入っているという。時間が来るまで一緒に小休憩を過ごすことになり、今日はいつもより長めの散歩だった。

一緒にいる時間が長くて、会話にも困っているというのに、隣からただひたすら愛（め）でられて大変困った。

（まるで、本物の恋人同士みたい）

隣から熱く注がれ続けているウィリアムの視線に頰を染め、身じろぎした。

西の中庭は中央に大きな噴水と水場も設けられていて、美しい。

だが彼はそちらを見ようともしないで、ベンチに座るレティシアを目に焼き付けている。

歩いていく貴族達も「あら、なんてお熱いの」と囁きながら見ていく。

「あ、あの、殿下っ」

「何かな？」

こらえきれず視線を返すと、彼は一層甘くレティシアを見つめてきた。

「その……あまり見つめられると、緊張してしまいますわ」

「ウィリアム、と」

彼の目が魅惑的に細められた。

名前を呼んで、と言われているのだと気付いてレティシアは顔に熱が集まった。

「む、無理ですっ、私が殿下の名前を口にするなんてとても――」

「仮婚約したではないか。君は誰もが認めた、私の妃候補だ」

「それは……っ」

魔法がかかっている間の〝対策〟――とは彼には伝えられないことだった。

せっかく国王達が『仮婚約』という言葉で彼を納得させたことを思い出して、レティシアは言葉を引っ込める。

するとウィリアムが、彼女の目を覗き込んできた。

「ゆくゆくは婚約をする仲だ。さあ、呼んでごらん」

彼が手を重ね、レティシアの手の甲を撫でながらそう告げた。

目の前で、彼の金髪が形のいい目や鼻梁にさらりとかかっている。それは、日差しで透けて黄金色にきらきらと輝いて見えた。

(これ以上の距離を許さないためにも、呼ばなくては――)

あまりの近さに、レティシアは恥じらいと畏れ多さで心臓がばくばく鳴った。

唇を緊張に震わせながら、小さく開く。

「……ウィ、ウィリアム、様」

彼の表情が甘く緩んだ。

名を呟いた瞬間、レティシアの胸はどっと高鳴り、彼の表情に鼓動を速める。

(何、これ？　どうなっているの？)

ここ三日、彼の素のような柔らかな表情を見続けてきて、なんだか胸がおかしい。

殿方を名前呼びするなんて経験にないせいだろうか。しかしそれは、雲の上の人の名を呼んでいる緊張だけではない気がする。

レティシアは、頬を薔薇のように染めて自身に不思議がる。

それを眺めていたウィリアムの顔に、満足そうな笑みが浮かんだ。

「殿下、そろそろお時間です。会議室へご移動を」

その時、護衛騎士が廊下側の柱から姿を現した。声をかけられてようやく、レティシアは護衛の存在を思い出した。

（あ――私、今、ウィリアム様しか見えていなかった）

それを自覚して、レティシアは赤面した。

毎日彼が優しくしてくるせいだ。魔法のせいだと意識して冷静に対応したいのに、どきどきしてばかりで、そんな暇などなくて――。

「レティシア」

ウィリアムに甲斐甲斐しく手を包み込まれて、どきっとした。

触れられている手越しに伝わったのか、彼がくすりと笑う。

「私も、これからは君の名前をたくさん呼ぼう。だから君も、私の名を呼んでおくれ。それから、いけないことをしているわけではないのだから、緊張しなくてもいいんだ」

「で、ですが」

うろたえたレティシアに、ウィリアムが微笑みかけて、二人の手を目の前まで持ち上げた。

「ほら、君も触ってみるといい」

手本でも見せるみたいに、彼が優しく指を絡める。

王太子が望んでいることだ。手を握るくらいなら……と思って、レティシアはおずおずと彼と指同士を触れ合わせた。

「いいね。とても、いい」

よく分からないが、彼は満足そうだ。

すると、彼が指の間をこすってきて、なぜだかぞくぞくと背中が甘く痺(しび)れた。レティシアが怯えて身を引く前に、ウィリアムが指を解いた。

「名残惜しいが、今日はもう時間らしい」

彼がレティシアの手を引いて、一緒に立ち上がる。

会議に行くことにしたようだ。ほっとしたレティシアは、緊張を解いた矢先に、彼に手を伸ばされて驚いた。

「また、来てくれるね？」

彼の長い指先が、ハニーブラウンの髪を梳(す)いてから、レティシアの頬も撫でる。耳をくすぐられて、背がぞくっと甘く震えた。

「は、い……」

その拍子に、彼女は自然とそう答えてしまっていた。

（どう、しよう）

どきどきしている自分の鼓動を聞いて、そう思う。

これは魔法による偽りの好意だ。それなのにレティシアは、彼の甘いおねだりをどんどん断れなくなっている気がする。

（『また会いに来て欲しい』と言われることに、ときめいてはいけないのに……）

彼が、毎日そうときめいてしまうように言ってくるせいだ。

彼はとても優秀な人で、父である国王の仕事も一部請け負っているのだとは、ここに通いながらレティシアも聞いた。

本来の彼だったら、こうして会う時間さえも惜しむだろう。

それなのに、時間を捻出し、急かすこともせず穏やかな空気をまとって隣を歩き、自らレティシアに王宮内を色々と教えてくれる。

「良かった。明日は休日だから、私も長く時間が取れる」

手を離した彼の言葉に、ハタと思い出された。

明日は休日だった。気疲れがあったのでゆっくり休むことを、レティシアは考えていたところだ。

「あのっ、ウィリアム様――」

「私も午後からは一人の時間が取れる。君に、来て欲しい」

「で、ですが」

言葉を続けようとした時、彼の指が唇に優しく当てられた。

そこは、異性に気軽に触れさせていい場所ではない。唇に彼の指の熱を覚えたレティシアは、かぁっと赤くなった。

「明日は、誰にも邪魔されず君とゆっくり過ごしたい――いいね？　迎えを寄越すから必ず来てくれ。約束だよ」

唇を軽くなぞられ、秘密めいた声であやしげに囁かれる。

「んっ……は、はい」

彼の声は腰を砕く威力があるのに、甘く言われてしまったら、ぞくぞくっと背が震えて気付いたらレティシアは頷いてしまっていた。

ウィリアムの指示で、別の護衛騎士が現れてレティシアを馬車まで案内する。

（そういえば昨日も、案内したい場所がたくさんあるのにと残念そうにおっしゃっていたわ……それで、なのかしら？）

見送るウィリアムのひどく満足そうな目に、レティシアはそう思った。

その翌日の昼。
母と兄は茶会だった。王宮の迎えを待つレティシアに、正午頃同じく外出の用意を整えた父が馬車に乗るのをためらった。

「帰りも送ってくださるらしいが……」

「大丈夫ですわ、お父様。護衛の方々も協力してくださるそうですから」

先日の兄の言い方をそう受け止めていた。別件で社交が入っている父を安心させて、ひとまず先に送り出す。

そしてレティシアは、入れ違いで到着した王宮からの迎えの馬車に乗った。

今のウィリアムは、冷静ではない。

休日にも会いたいと希望した彼の要望を断って、屋敷へ突撃されても困る。

（だから私は、王宮へ行くと答えたの……）

そう心の中で繰り返すが、自分に言い訳しているみたいで落ち着かない。

レティシアは彼に誘われた時、自分の意思で頷いていたから。

ウィリアムと会う回数を重ねるごとに胸が高鳴って、最近は彼の視線にさえ頬が熱くなる。彼に会うと思うとどきどきするし、自分が変だ。

昨日、そんな自分に戸惑って、夕食の前に兄へ相談したら、笑われた。

『ひ、ひどいですわ』

『どぎときしてしまうのも悪いことだと感じているのかい？　気にしなくていいんだよ。そういうモノは、素直に受け止めて感じればいいんだ』

『素直に、感じる……？』

そんなことを言われても、引きこもりのレティシアにはよく分からない。

相手は魔法のせいで、どきどきすることを言ってくるだけだ。それなのにアルフォンスがそんな助言をするのを、不思議に思った。

やがて馬車は王宮に到着し、王太子の護衛騎士が迎えてくれた。

普段は大勢の勤め人や出入りがある場所は、とても穏やかな空気が広がっている。

「これが休日の王宮……」

呟くと、下車を手伝った護衛騎士達が微笑む。

「驚かれましたか？　休日は城門を閉めておりますので、来られるのは陛下らが特別に招いた客人だけです」

「あっ、も、申し訳ございません」

つい子供みたいにきょろきょろしてしまっていたレティシアは、それを見られていることを自覚して恥じた。

初々しい無垢(むく)な姿は、ただただ愛らしい。騎士達に案内される美しい王太子の仮婚約者を、警備兵らも微笑ましく見送っていた。

王宮の建物へと上がり、案内を受けて王族の住居側へと入る。

すると、廊下の横が不意に開けてレティシアは眩(まばゆ)い光に誘われた。

「まぁ……っ」

そこには広々とした王宮の奥の中庭が広がっていた。少しカーブを描いた石畳の通路、それ以外は黄色いエリアーデの花が埋め尽くしている。

エリアーデの花は、このロベリオ王国の三大国花に指定されているものだ。

王都と一部の気候条件が揃った土地でしか生息しない花で、育てるのも難しいとはレティシアも知っている。

花は膝丈よりも高く伸びるため、風に揺れると、新緑の波の上に黄色い花がふわふわと漂っているような幻想感もあった。

（なんて美しいのかしら……）

見ほれて、つい足を止めていた。

そこから吹いてくる風には、エリアーデの爽やかで甘い香りが含まれていて、緊張していたレティシアの心も知らず安らぐ。

「気に入った？」

ぞくりと腰に響く美声に、誰が来たのかすぐ分かった。

護衛騎士達が下がる。我に返って振り返ってみると、そこには歩いてくるウィリアムの姿があった。

「あ、あの、どうしてこちらに……？」

「到着したと知らせを受けて、待っていられず迎えに来た」

言いながら、彼は当然のようにレティシアの手を取る。

「よく来てくれた。エリアーデの花は今が咲き頃で、母が好きなので時期になると植えられている」

「そう、でしたの……美しい花ですものね」

女性達にも、この花の刺繍デザインは人気だ。レティシアもそうだった。

「君の美しさには叶わない」

唐突にそんな甘いことを言われて、頬がかぁっと熱くなる。

不意打ちにそういうことを言うのはやめて欲しい。

「さあ、こっちだ」

ウィリアムは、初心な反応にまるで満足したかのように小さく微笑むと、腰に腕を回してレティシアの手を優しく引いた。

護衛騎士達が同行する中、間もなく辿り着いたのは広い部屋だった。

赤を基調とした金の装飾が美しい寝椅子。そこに置かれたテーブルには、すでに二人だけのお茶の用意が整っていた。

「ここは……?」

「私の私室だ」

レティシアは、畏れ多くて竦み上った。まさか王太子の私室に案内されることになろうとは思っていなかった。

「さあ、こちらへおいで」

戸惑う暇もなく導かれ、彼に優しく寝椅子へと腰を下ろされた。

待っていたメイド達が、ウィリアムの許可を受けて紅茶をティーカップに注いでいく。

（あ……甘くて、ほっとする香りだわ）

目の前から漂うティーカップの湯気を見つめた。そばを見てみると、可愛らしい瓶に入った美味しそうな蜂蜜まで用意されている。

「君が好きだとアルフォンスに聞いて、王室の蜂蜜を用意した。味の趣味が同じだという彼にも好評だ、ぜひ口にしてみて」

「は、はいっ、ありがとうございます」

どうやら、兄は休憩を個人的に共にするくらい友好関係も築いているようだ。

（お兄様は緊張されなかったのかしら？）

レティシアは実に自分と違う兄を不思議に思いつつ、所作に問題がないよう意識して慎重にティーカップへ蜂蜜を溶かし入れた。

メイド達が、頭を下げて退出する。

護衛騎士が外から扉を閉め、二人きりにされたせいで一層緊張してきた。

ウィリアムがずっと見ているせいで、ティーカップを持つ手が震えそうになる。

だが、それを口元に近付けた時、ふっと香った蜂蜜と紅茶の香りに、張り詰めていた気持ちがほぐれていった。

「とてもいい香りが……」

つられて口にしてみると、蜂蜜が溶け合った紅茶は最高に美味しかった。

「どうかな?」

「はい、とても美味しいです。身体の強張(こわば)りが解けていくようなお味がいたします」

自然に答えて隣に上目を向けたレティシアは、ウィリアムの満足そうな微笑みにどきりとした。あまりにも艶っぽくて、ぱっと目をそらす。

「お菓子はどうかな?」

「い、いただきます――あのっ、このたびはお菓子のご用意まで、ありがとうございます」

ティーカップを置き、恥じらいを誤魔化すように慌てて礼を伝えた。

いつもは共に歩くだけだった。このように腰を据えてお茶と菓子を食べるのは、初めてのことだ。

「私が君と食べたかったんだ。気にせず食べて」

「は、はい」

ウィリアムが優しい顔で促してくるものだから、やはりのぼせそうになる。

(殿下は魔法がかかってしまっているだけなのに)

怖い人が魔法でこんなにも優しくなるのだろうかと、レティシアは混乱した。彼は待ってくれず、直々に皿を寄せて薦めてくる。

「このカヌレも、メープル風味で美味しいよ」

「い、いただきます」

レティシアは、彼から意識をそらそうと思って手に取り、はむ、と口にした。

カヌレもとても美味しかった。しかし隣からじっと見られて緊張感が抜けず、食べ終わっても次の菓子へ手は進まない。

するとウィリアムが、チョコ色のクッキーを持ち上げて「ふむ」と考える。

「私があげた方がいいかな?」

「と、とんでもございませんわっ。殿下にそのようなことをさせるなんて」

「ウィリアム、と。未来の夫が、未来の妻へ食べ与えるのは当たり前のことだ。ほら、口を開けて」

指でそっと顎を持ち上げられ、口にクッキーを寄せられた。

「――ン」

つられて口を開ければ、彼が優しく中へと入れてくる。

「どう?」

「お、いしい、です……」

舌に触れると、チョコが交ぜられたクッキーは熱でほろっと蕩けた。

喉を通りそうにないと思っていたのに、とても甘いそれを食べたら急に胃へ入る気がしてきたのだから不思議だ。それくらいに美味しかった。

「良かった。もっと欲しい？」

「はい、いただきます」

寄せられた皿から取り、今度は自分で口にした。

「ふふっ、ああ、甘くて美味しいです」

続けて二枚目も頬張り、頬を押さえて微笑む。

用意されている菓子はどれも美味しかった。紅茶を飲んで口直しをしたところで、レティシアはハタと気付く。

（あっ、お菓子を食べさせたのは、私が緊張して味わえていないことを察して……？）

なんて優しいのだろう。

それを勘ぐったレティシアは、胸がぽかぽかと温かくなって、菓子を食べ始めたウィリアムを盗み見た。

（優しくて、気遣いもできるお方で——安心できる人）

ここ数日の交流で、自分の中の彼のイメージが変わったのを感じた。

安心できる、だなんて感想も初対面を思えば変な話だ。レティシアはどきどきしている自分に疑問府でいっぱいになり、無性に恥ずかしい気がしてティーカップに視線を逃がした。

――くすり。

ふと、小さな笑みが耳に入った。

そっと目を上げてみると、手拭いで指先を拭いながら、ウィリアムがこちらを見つめていた。その笑みはどこか妖艶で、レティシアの胸がばっくんとはねた。

(何かしら……?)

胸がきゅうっと甘く締め付けられる感じがあった。

わけが分からず戸惑う。不思議に思って自分の胸に手を当てた。

するとウィリアムが満足そうな表情で手を伸ばし、レティシアのハニーブラウンの髪に指を絡めた。

「この髪が青くなるというのも、知らない者が見ても想像さえつかないだろうな」

異性に髪に触られている恥ずかしさはあったのに、以前みたいに逃げ出したい気持ちはなかった。

それを不思議に思って彼の様子を見つめていたレティシアは、不意に、今になって彼に夜の水浴びを目撃されたことを思い出した。

（あっ……そういえば湖で……）

思えば全裸だった。みるみるうちにレティシアは顔を赤くし、俯く。

「……あ、あの、どこまで見たのですか？」

「ああ、緊張しないでいい。見えたのは、せいぜい背中を覆う長い髪だ。ほとんど肌は見えなかった」

肩にかかっていた髪をすくい取られた。ほっとした矢先、彼の指が強張りが抜け首筋をくすぐるように触れてきて、どきっとする。

「あのっ」

「ん？　何かな？」

妙な緊張が込み上げて、咄嗟に見つめ返して質問した。彼は髪を撫で梳きながら優しく尋ね返してくる。

髪に触る際、その指がかすってしまっただけ。

どきどきした自分の心にそう言い聞かせ、レティシアは空気を変えるように尋ねる話題を探した。

「えと、その……髪が青くなるなんて、さぞ不気味に思われたことでしょう」

「そんなことはない。私はとても美しいと思った。神聖で、神秘的で、君にとてもよく似合っている」

見つめてくる彼のエメラルドの目は、誠実な強さを宿していて、レティシアの胸が否応なしに高鳴った。

(――なんて、嬉しいことを言ってくれるの)

そう思ったレティシアは、直後にはっと我に返った。

彼は魔法にかかっているのだ。そう思い出して視線をそらしたら、ウィリアムが髪に触りながら顔を寄せて甘く囁く。

「本当だよ。あの時、月の光で青い髪がきらきらと輝いていた。私は、まさに奇跡だと思った」

「ン……っ」

近くなった美声に、背がぞくぞくと甘く震えるのをこらえるのが大変だった。

「淑女の水浴びを見てしまうという失礼なことに居合わせてしまったと思うと同時に、君が持つ精霊の体質があまりにも美しかったから、逃げ出してしまったんだ」

髪に触れていたはずの彼の手が、レティシアの頬を撫でた。

(ど、どうしよう)

彼の方が見られない。

心臓は煩(うるさ)いくらい鼓動していて、真っ赤になっているのが彼にすっかり見えてしまっているだろう。

（殿下は私の精霊の体質を、美しいとおっしゃってくれた）

それが、レティシアはとても嬉しかった。

魔法の力があるのは未婚の間くらいだという。でも、この先も髪の色が変わる体質は一生続くのだ。

レティシアは、マーヴィー氏から話を聞いたあとも、自分は結婚できない娘として両親を悩ませるのではないかと引き続き悩んでいた。髪の色が変わる花嫁なんて気味悪がって、誰も欲しがらないだろう、と――。

それなのに、ウィリアムは神聖で、神秘的で美しいとさえ言ってくれた。

「体質を気にしていたのか？」

胸に手を置いて俯いていたレティシアは、彼に肩を軽く抱き寄せられ、頬にかかった吐息にどきっとした。

「髪の色が青く変わってしまうことを、嫌がられると？」

「だ、だって、そうでしょう？　このような体質は他にはないと……」

「私は、それを美しいと思うよ」

肩を抱く手の力が少し強まり、レティシアは癒されると同時に胸が甘く疼（うず）いた。

（ああ、でもだめよ）

彼の言葉の優しさに、甘えてはいけないのだ。

これは、夢、みたいなものなのだ。レティシアは、彼の身体をぐっと押し返した。

「それは魔法のせいで――」

次の瞬間、彼女の細い腰に腕が回ってウィリアムに強く引き寄せられた。二人の身体が密着し、レティシアは驚きと共に言葉を呑んだ。

見上げると、すぐそこにレティシアを見つめる彼の美しい顔がある。

「信じて欲しい。私は、それを含めて、とても美しいと思っている」

え、と思った時には、ウィリアムの口がレティシアの唇を覆っていた。

――キスを、されている。

優しく吸われて実感し、目を見開いた。

それは、優しい感触を残してそっと離れる。彼女は信じられなくて、自分の唇に残る柔らかな感触を指で確認した。

「良かった、嫌ではなかったようで嬉しいよ」

「あっ、でん――ンン」

彼が顎を持ち上げ、再び唇を重ね合わせてきた。

レティシアは、唇へ吸い付かれる初めての感触に戸惑った。けれど不思議と彼の唇に抵抗感はなく、それを心地よくも感じた。

「ん……ふぁっ」

れろりと唇を舐められて、ぞくぞくっと甘美な感覚が背を走り抜ける。

キスなんてだめだ。レティシアは我に返って、咄嗟に彼の胸板を両手で押し返す。

「殿下っ、いけません。あなた様は魔法で――」

突っぱねたが、その手は弱々しかった。ウィリアムが微笑み、彼女を優しく腕の中に収め直した。

「婚約者同士だ。何もいけないことはないよ」

近くで目を合わせたら、彼の熱い眼差しに胸が高鳴った。抵抗の力も消えてしまう。

「で、殿下」

「それからレティシア、私のことはウィリアム、と」

彼の唇が近付いてくる。甘い声に抗えず、気付いた時にはお互いの口がしっとりと重なっていた。

「んぅ……ン……ぁ、ん……」

ついばむような優しいキスに、身だけでなく心も蕩けていくような感覚がした。

唇が触れ合った拍子に緊張が抜け、身を抱く彼のなすがままに唇を許す。

（ああ、淑女がこんなことをしていいはずがない――）

頭では分かっているのに、タイミングよくウィリアムのキスが深まった。ぬるりと割って入ってきた舌が、レティシアの理性を攫う。

驚いて舌を引っ込めようとすれば、なだめるようにざらりとした熱で撫でられた。口内を隅から隅まで艶めかしくなぞられる。

くちゅくちゅとした感触に、二人の境界線がなくなっていくような心地がした。

「んぁっ、んん……っ、あ、ン……」

レティシアは、抱き締める彼の腕の中でびくんっと何度もはねた。

肉厚な舌の感覚は独特なのに、触れ合うたびに、下腹部の奥がじんわりと熱くなるような気持ちよさがあった。

だめだと思うのに、熱を教える彼の唇と舌を、もっと感じたくなってしまう。

「はぁっ……いいよレティシア、そのまま委ねて」

不意に、深く強く吸われて、レティシアはぞくんっとのけぞった。

「んんーっ、はっ、あ……っ」

甘い痺れが背を走り抜けて口が開く。そこからこぼれ落ちた唾液をウィリアムが舐め取って、舌をくちゅくちゅとこすり合わせた。

(だめ、だめ、こんなこと……)

そう思っている間にも、ウィリアムに押されて寝椅子へ横たえられた。

一緒にどさりと倒れ込んだ拍子に、レティシアの長いハニーブラウンの髪が、寝椅子の下にもかかった。

「──思っていた通り、舌まで愛らしい。初々しさがたまらない」

ウィリアムがレティシアを見下ろし、高揚した表情で濡れた唇を舐める。

男の目をしたその眼差しに、胸がどっくんとはねる。

ここで拒絶すれば間に合う、そう思うのに──レティシアは一人の男の顔でこちらを見る彼の、この先を見たいと感じて心が震えた。

「今日まで我慢していた。いきなりキスをしてしまっては、初心な君に避けられてしまうかもしれない、と」

「あっ」

彼が言いながら、自身の首元のスカーフを抜き取った。

もう、きっと引き返せない。初めてなのにそんな予感がした。

「ウィリアム様、私っ」

「君がキスを受け入れてくれるようになる時を待っていたよ。さあ、もう一度──」

言いながら再び唇を塞(ふさ)がれ、手を握られて押さえ付けられる。

舌を絡めながらのキスはいやらしくて、清い交際関係の男女でさえしていいものとは思えなかった。

けれど、息が苦しいのに蕩けてしまいそうなくらい気持ちよくて──。

「んっ、ん……んぅっ……」

ウィリアムから与えられるキスは、ただひたすらに甘美だった。

戸惑いはあるのに、嫌だとも思えない。

「あっ……ん」

絡めていた二人の舌が、唾液の線を引いて離れる。

レティシアは息が上がっていた。それは見つめ合うウィリアムも同じで、キスのせいか、彼の熟れた唇はとても色っぽい。

「私のせいで赤く色付いた唇が、なんとも愛らしい」

唇を、彼の指の腹で撫でられて、身体がぴくんっとはねた。

「あ、ウィリアム様……」

その時、不意に彼の指がレティシアの口の中へと入った。

彼の指に舌をくすぐられた。それは初めてはっきりと、ぞくぞくとしたいやらしい気持ちを自覚させた。

「ふぁっ……は、ぁ……っ」

「これも感じてくれるんだな、可愛いよレティシア。もっと声を聞かせてくれ」

「んゃ、ぅぃり、あむさ、まぁ」

「ああ、ずっと見たいと思っていたのだ。髪で見えなかったその正面は、どんなに美しいだろうか、と」

ウィリアムがうっとりと吐息をもらす。その視線が下がって、盛り上がった双丘を彼が見たことに気付いて、レティシアはぞくんっと身震いした。

首を横に振り『だめ』と訴えた。だが彼は、片手で胸元のリボンを解きにかかる。

「大丈夫だよ。私があとできちんと着せてあげよう」

衣装の上から感じる彼の手の動きに、官能的な興奮が身体を温めるのを感じた。

そのまま直接触られたら、どんな感じなのだろうかとレティシアは見つめてしまう。

「ん、んぅ――あっ」

口から指が抜かれたのと、コルセットの上のドレスの締め付けがなくなり、支えを失った豊満な胸がふるんっとこぼれ落ちたのは同時だった。

白い乳房が、ウィリアムの目に晒(さら)されている。

恥じらいと驚きに固まった直後には、彼の手がレティシアの大きな膨らみを包み込んだ。

「や、いけません、そこはっ、んぁっ」

ウィリアムが揉みしだきながら、乳房の先端を口に含んだ。

「素晴らしい。白くて、先もピンクで……」

舌でくすぐりながら、片方の胸も手で形を変えていく。

「あっ、あ、ああ……っ」

声を抑えきれなかった。胸を直接触られるのは、キスとはまた違った快感をレティシアに与えてきた。

不思議な高揚感、そして下腹部にじりじりとした甘い熱が溜まっていく。

「いいよ、とてもいい。君も感じているようで良かった。先端が硬くなってきたよ」

「せ、んたん……？」

「ほら、こりこりしてあげよう」

ウィリアムが、歯と舌で乳首を刺激した。

「あぁっ……ン、あ、あっ……」

乳房の先でくりくりと円を描かれ、潰され、ぴんっと弾かれてレティシアはたまらずびくびくっと身体を震わせた。

「感じて気持ちよくなると、ここが硬くなる。こんな風にね」

「んん、知ら、ないです」

「男女の営みで知っていくことだ。それでも君も、ここくらいは知っているね？」

彼の手が乳房から下へと移動した。下腹部を撫でられてハッとする。

「あ……だ、だめですウィリアム様、それだけは、いけません」

こんなことをしてはいけないという淑女の教えに、咄嗟に身が固まる。

「確かめられたくないのかな。感じると、ここがどうなるかは教えてもらっているだろう？」

下腹部の奥が熱く疼いてから、レティシアも男女の営みに必要なそこが、しっとりしているのは気付いていた。

恥ずかしくて動けないでいると、ウィリアムがスカートをたくし上げた。

「あっ」

「中途半端で苦しさがあるはずだ。ここも良くしよう」

彼に片足を寝椅子の背に引っかけられて広げられ、あっという間に彼の手がレティシアの中心を探り当てた。

「あっ」

手を押し付けられた際、下着にしっとりと沁みが広がるのを感じて恥じらう。

「ご、ごめんなさいウィリアム様っ」

「何を謝ることがある？　私のために濡れてくれているなんて、嬉しいよ」

「んぁっ」

彼の手が、薄い布地をかき分けて中を探ってくる。

「あ、あっ、ウィリアム様、お許しください」

彼の魔法が解けて正気に戻ったとしたら、さぞお怒りになるだろう。

魔法にかかっているだけの彼に、大切な場所へ触れさせてはいけない。彼を、拒まなければならない――。

それなのに、レティシアは開いた足を閉じることができなかった。

探ってくる彼の手を布越しに感じているだけで、そこがひくひくと戦慄く。

この感覚の正体をもっと知りたいような、ウィリアムがしようとしていることを感じてみたい不埒な気持ちが込み上げていた。

間もなく、彼の手がレティシアのそこに辿り着いた。

「あっ……あぁ……」

甘い快感が、そこからじーんっと腹の奥まで伝わってきた。

「ここは夫を迎え入れるための場所だ、知っているね？」

「は、はい……」

そこに夫を受け入れ、子種を注いでもらうことでいつか妊娠するのだとは教わった。

彼の指が優しく撫でてくると、中が何かを締め付けようとして疼いた。それは腰が浮くような初めての快感で、もっとこすりつけて欲しくなる。

「まだ中心には触れていないけれど、どうかな？」

「は……あ……っ、なんだか、お腹の中が……」

「その感覚を素直に受け入れて、そこに集中してもっと感じてみてごらん」

彼の言うことは聞き入れてあげなさいと、兄も言っていた。

初めてそこに与えられる強い快感にくらくらして、レティシアは恥じらいながらもウィリアムの言葉に従った。

「あっ、ン……」

彼によって与えられる官能的な感覚に、腰が蕩けてしまいそうになった。

ひくひくっと秘裂が震えて、中が収縮するような感覚がする。

触れる動作を繰り返されていくごとに中の疼きが強まって、じりじりと込み上げている腹部の奥の切なさの正体をレティシアは自覚した。

「あぁ……あ……気持ち、いい……」

そこに、こんなにも気持ちいい感覚があったなんて知らなかった。

「いいみたいだな、それではもう少し先も触ろうか」

「えっ、ぁ、ひゃあっ」

ウィリアムは蜜に濡れた秘裂を上下にこすりつけてきた。

ぬるりとした愛液で滑って、彼の指が花唇の中にまで触れている。指先でかりかりと引っかかれ、快感が強くてレティシアがたまらず袖を摑むと、彼は頭を撫でた。

「いいよ、いくらでも摑むといい」

「あっ、あ、そこっ」

「ここが気に入った？　なら、撫でてあげよう」

彼が余っていた手に唾液を付け、スカートの中へと潜らせる。

濡れた指が花芯を優しく撫で回し、蜜口をくちゅくちゅと愛撫されて甘美な感覚が強く全身を走り抜けてくる。

「あぁっ、あぁあ、ゃあっ」

中が甘く震えて、レティシアは寝椅子の上で何度も身体をはねた。

彼に触れさせている自分を止められない。後ろめたさがあるのに、欲求の終わりが見えないほどの快感に悶えた。

「やぁっ、気持ちいいのが終わらない、の……っ」

「とてもいいよ、レティシア。教えた通りに声を出してくれて嬉しい。ねだるような声がたまらないいな」

彼の手が、秘裂を左右に開くのを感じた。

指が浅く入り、内側を撫でられる。レティシアのそこがひくひくと花唇を震わせて吸い付いた。

「レティシア、君の身体は素晴らしい。快感を覚えて偉いぞ、ほら、中から溢れてくる」

ウィリアムの指が、ぬちゅぬちゅと音を立てて中をかき回す。

(ああ、もう、挿って……)

一番敏感な上の方をくちゅくちゅと同時に愛撫されて、初めての強い悦楽に、どこをどう弄られているのかもう分からない。

「あぁっ、あ、だめ、何か、奥からくる感じが……っ」

開いた足もびくびくと震えている。強く快感が迫り、勝手に腰が浮いた。

「果てるところを見せておくれ。さあ、好きなタイミングでイクといい」

「イ、イク……？」

ぼんやりと言葉を繰り返す。

下半身が甘い痺れで変になっていた。快感が下腹部からどんどんせり上がって、奥からしとどに甘露がこぼれてくる。

（こんなの、だめなのに）

ウィリアムの手に啼かされている。

けれどレティシアのそんな思いも関係なく、何かが今にも達しそうになる。

「あぁっ、ウィリアム様だめ、もう、手をお止めになって……あ、あっ、イ……！」

次の瞬間、びくんっと腰がはね、レティシアは頭の中が真っ白に塗り潰された。

（ああ、これが彼の言っていた……）

快感が、てっぺんに達するような恍惚感が奥からじーんっと広がった。

それは素晴らしいほどに甘美な満足感をレティシアにもたらした。頭の中さえも甘く痺れさせてくる。

王太子に果てさせられてしまった。

レティシアは寝椅子に腰を落としながら、荒い呼吸を繰り返して思う。

(どうして？　一緒にお茶を飲んでいただけなのに……)

すると、頬に手を添えられた。とろんっと視線を向けたらウィリアムに唇へ軽くキスをされた。

「……ン」

「はぁ――素敵だったよ、レティシア」

うっとりと彼が唇を離し、褒めるように頭を撫でた。

「戸惑いながらも感じてくれている君は、悩ましいほどに愛らしかった」

(悩ましい？)

レティシアは不思議に思った。とりあえず、王太子の手前このままではいけないと気付いて身を整えようとしたのだが、身体が動いてくれなくて戸惑った。

「ああ、初めて達したので無理もない。しばらくは休んでいるといい」

「ですが――」

「すべて私がする。安心するといい」

胸の前にある手を握られ、目を覗き込まれた。

「素敵な休日だ。君とまどろんで、ゆっくりできる。私も自分の方を鎮めたら、すぐに君の身を清めて――」

鎮めるとは、なんだろう？

そう疑問に思ったが、頬にキスをされると瞼が一層重くなった。

彼がズボンに手をかけて何かしている。レティシアは達した余韻の眠気に誘われるがまま目を閉じ、それを見届けることはなかった。

「いい子だ。そのまま少し眠るといい」

優しい声だった。頭を撫でる彼の手の温もりに、胸が切なく締め付けられた。

（愛されていると、勘違いしてしまいそうだわ）

彼は魔法にかかっているだけだ。こんな蕩けるような甘い声を出すなんて、王太子ではない。

（そう分かっているのに――なんてことをしてしまったの）

レティシアは、知りたいと思ってしまった彼とのこの行為の先にあった快楽に、罪の意識を感じた。果てた熱の疼きに罪悪感を覚えながら眠りに落ちた。

三章

翌日、新しい週が始まった。

朝、レティシアはメイドの起床の声掛けよりも先に目覚めた。

（今日もまた、ウィリアム様のところに行かなければならない……）

昨日あんなことをされたせいか、メイド達にバレないかとひやひやした。

彼に触れられたそこはまだ撫でられた感覚が残っている気がして、朝からたびたび思い返してはぼうっとしてしまった。

「レティシア、どうしたんだね？」

すっかり朝食の手が止まっている娘に父が気付いた。

「な、なんでもございませんわ」

慌てて笑顔を返した。昨日も、王宮内をデートしただけで何もなかったと言って、誤魔化していた。

――仮の婚約者なのに、ウィリアムに触れさせてしまった。

家族にも話せない秘密を思い、胸がずきりと痛んだ。

レティシアは後ろめたさに言葉数が増えて、食事を進めながら先週も変わらず順調だったこと、今日も王宮へ行って頑張ってくると伝えた。

両親は満足そうだった。王宮から王太子の仕事の進みがいいうえ、以前よりも調子がよさそうであると伝えられたらしい。宰相からも、娘の協力には助かっていると直々お言葉をいただいて父も母も鼻が高いとか。

「まぁ、そんなことがあったのですね」

「殿下は食事も休憩も疎かにされて仕事ばかりだったせいで、あの仏頂面の怖さが余計増し増しになっていたからね～。俺も、殿下の顔色がすこぶるいいのは感じて安心しているよ」

「こら、アルフォンスっ……とはいえ、これまではあまり休みも取られないお方だとは私も聞いた」

父がちょっと咳払いし、そう言った。

「今回の件で、よい効果もあるようだと臣下も喜んでいるらしい。休日にも大臣様に声をかけられてな」

「良かったわね、これでレティシアも安心ね」

母に笑顔を向けられたが、レティシアはぎこちなく笑い返しただけだった。

魔法をかけてしまったことを知っている貴族の中には、遺憾に思っている者達も少なからずいることだろう。

そう彼女が気にしていたことを、母は心配していた。予想外にも、魔法がウィリアムの健康に貢献できたのはいいことだとはレティシアも思う。

とはいえ、レティシアには気になることが一つあった。

（仕事熱心なウィリアム様が、昨日あんなにも……）

昨日のキスは唐突だった。そのあとのことについても、これまで女性を寄せ付けなかった人がする行為とは思えないものだ。

それは、彼を知る者にも予想できなかった事態ではないだろうか？

室内に男女二人きりにされたのは、まさかウィリアムがそのような行為に及ぶとは予想してもいなかったからと考えると、納得もいく。

安心しているから兄も彼と二人きりにさせているのだろう。

そう思うと、レティシアはますます言えないと思った。

「それはそうと、今日から俺の出仕時間と君の王宮行きの時間がずれるけど、本当に大丈夫かい？」

「はい。先週末に聞いてから、心構えはできておりますわ」

アルフォンスと行くのは慣れるまでの間だった。個人で王太子のもとを訪れる怖さに配慮してくれたみんなには、感謝しかない。

（今は彼のことも怖いとは思っていない。ただ……顔が合わせづらいの）

そんなことは言えず、レティシアは優しい兄や両親に「大丈夫です」と答えるしかできなかった。


朝にアルフォンスを見送ったあと、レティシアは午後になってから伯爵家の馬車に乗って王宮へと向かった。

王太子の立派な執務室、その扉前の護衛騎士達は顔を知った者達だったから、緊張も少しは減ってくれた。

「ウィリアム様のご様子は……？」

「とくにお変わりはございません。ただ、少々お待ちいただいた方が殿下の執務の方は切りがよいかと」

「ありがとうございます」

助言を有難く思う。しかし、いつも通りだという護衛騎士の返答には困惑した。

（あれも魔法のせい、だったりするのかしら……？）

昨日は人に言えないようなことをしてしまったが、その行為でウィリアムにとくに変化はなかったらしい。

それについて考えてしまっていると、護衛騎士達に心配された。

「レティシア嬢？」

「あっ、いえ、少し待とうと思いますわ。ええと、魔法の方はどうですか？」

「そちらも順調そうですよ。徐々に雰囲気もお戻りになられているように我々は感じています」

「えっ？　そうなのですか？」

「内情を知らない者達も違和感は抱いていないようで、混乱もないです」

それは意外な意見だった。

「ですが、私が来るとあのご様子ですし……」

「そちらもご心配には及ばないかと。アルフォンス殿が『好きな相手であれば、雰囲気も柔らかくなるのは当然だろう』とおっしゃってくださって、他の者達の説得に一役買っているようです」

「お兄様が？」

ウィリアムは水に濡れた青い髪を見て【湖の精霊】の魅了を受け、レティシアに好意を寄せていると思い込まされている状態だ。

魔法が解けたあとのことを考えれば、あまりそういうことは言わない方がいいように思う。

（でも……そうね、他に自然な言い訳がないのも事実だわ）

王太子に魔法をかけてしまったせいで、みんなに迷惑をかけている。レティシアは改めてそれを実感し、罪悪感で胸がどうかなりそうになった。

とくにウィリアムへの迷惑は絶大だろう。

そう考えた途端、胸がずぐんっと痛んだ。

「……ごめんなさい。私、まだ何もして差しあげられていないわ」

「いえいえっ、レティシア嬢は大変頑張っていらっしゃいますよ。王妃陛下もいたく評価しております」

罪悪感で泣きそうになったレティシアを見て、護衛騎士達が慌てた。

「ですが、私は何も」

「魔法のおかげか殿下が休みを挟んでくれるようになり、ご体調の様子も良好になっているとみな感じているのです。それに、今のご活動が功をなしているのかもしれないと、ロッド・マーヴィー様もおっしゃっていました」

「えっ？」

「そのことについて、あなた様と時間が合い次第話したいと伝言をいただいております」

何か、解決策が見付かったのだろうか？

レティシアは、昨日のことが胸に蘇(よみがえ)ってすぐにでも話を聞きたいと思った。前のめりになって聞く。

「あのっ、マーヴィー様はまだいらっしゃるのでしょうかっ？」

「少し前に陛下達にご報告されて、それからこちらに立ち寄られていましたから、もしかしたらまだ王宮内におられるかもしれません」

それなら、とレティシアは素早く考える。

「ありがとうございます。少し待ち時間がありますから、捜してみます」

そう答え、彼が去っていったという方向を護衛騎士達に教えてもらい、ドレスを翻して早歩きで移動した。

通行制限がある通路から、一般通路へと出る。

多い人通りの中から、すれ違いになったマーヴィー氏を捜す。しかし歩き回ってもそれらしい人の姿は見えなかった。

「マーヴィー様ですか？　ああ、それなら少し前に見かけましたよ」

警備兵に尋ねてみると、王宮に来るたびいつも正面の大きな中庭を散策して帰るそうだ。仏頂面だが、植物と詩を愛する人でもあるという。

「ありがとうございます」

レティシアは、スカートを少しつまんでそちらへと急いだ。

（王宮を出ていく前に会えればいいのだけれど）

今の状況が、ウィリアムにかけられた魔法の解除に役に立っている可能性――そのことについて詳しく話を聞きたかった。

王宮へ入ると正面に迎えられる大きな中庭。そこへ出てみると、途端に日差しの眩しさが降り注いだ。

「……いない、みたいね」

きょろきょろと周囲を見つつ、綺麗に整えられた芝生の上を歩く。

増築を重ねた歴史ある王宮は、広い。建物と建物の間にはそこを繋ぐように公共の中庭があって、そこから三方の建物へと抜けられる。

だが、マーヴィー氏らしき影はない。

代わりに風景を楽しんでいる貴族達の姿があった。友人同士なのか、令嬢達は日差しに映える可愛い日傘を差して歩いている。

(とても綺麗な髪だわ……)

向こうに見える令嬢達の、中心にいる真っ赤な美しい髪にレティシアは目を誘われた。

自信に溢れた表情と所作に相応しいくらい、とても綺麗な令嬢だった。

(父達が帰るまで、時間を潰しているのかも)

呼ばれた親に連れられて王宮に来る令嬢令息も、多いとは聞く。着ているドレスや扇子からしても、いいところの貴族令嬢達だろう。

　すると、扇子を口元に上げた赤髪の令嬢が不意にこちらを見て冷笑した。

「ふふっ、それにしても聞きまして？　引きこもりなのに、急に王太子殿下と仮婚約されたラクール伯爵家の令嬢。彼女は精霊の子孫で、髪が青くなるとか」

　レティシアは心臓が冷たくなった。

　彼女達は当初から存在に気付いていたみたいで、赤髪の美少女と一緒になってニヤニヤと見てくる。

「魔法まで持っているそうよ。突然の王太子妃第一候補なんて、あやしいわ。魔法をかけて殿下を夢中にさせているのではないのかしら？」

「メリザンド様のおっしゃる通りですわね。そうだとしたら、怖いですわ」

「嫌な娘ね、心を操って殿下といますの？」

　わざと聞こえるような声で、令嬢達がくすくすと嘲笑う。

　レティシアは、咄嗟に背を向けて別の建物入り口へと駆けていた。

　事実だったので、ショックだった。まさにその通りだ。

（ウィリアム様は魔法で私に優しくしているだけ――）

　だが直後、レティシアは片方の腕を掴まれ、後ろから腹に腕が回ってぐいっと引き寄せられた。

「えっ……？」

背中が誰かの身体に当たり、そのままぎゅっと抱き締められる。

「――見付けた、私の青い精霊」

耳元で甘く囁かれ、ぞくんっと背が震えた。

誰だかすぐに分かった。ぱっと肩越しに見上げてみると、後ろから抱き締めているのはウィリアムだった。

「ウィ、ウィリアム様……」

「どこへ行こうというんだい？　私と会う約束だったはずだよ」

「そ、その、お仕事が立て込んでいらっしゃったようなので、少し散歩を……」

「そう。忘れていないようで良かった」

自分を抱き締めているその手が、昨日触れたのだと思い出したら顔の火照りが止められず、レティシアは恥ずかしくなって下を向いた。

「今、この者を『怖い』と言ったか？」

ウィリアムの目が、急に冷たさをまとって令嬢達へと向く。

「精霊の体質持ちは稀有だ。精霊と繋がりがあったと証明する奇跡的な存在であり、我が国では『恵みをくれた精霊とその子孫を辱めることはしないように』と教育されるはずだが、貴族の作法を忘れたわけではあるまいな？」

彼の強められた声は威厳があり、よく響いた。

赤髪の令嬢が顔をさっと赤らめた。周りから注目を集めていると気付いた他の令嬢達も、恥ずかしくなったのか彼女を連れて逃げ出した。

あっという間だった。レティシアは、ぽかんとしてそれを見送った。

「……あ、あの、ありがとうございます」

「当然のことだ。ゆくゆく婚約者となる君のことを悪く言われて、黙っていられるほど私は寛大ではない」

後ろから指を絡め、ウィリアムがレティシアの手を持ち上げてキスをした。

「珍しい精霊の体質持ちを悪く言うのは、貴族籍の一握り程度だ。精霊と共存していた時代から精霊嫌いはいると聞く。気にしなくていい」

慰めて、くれているのだろう。

実際にはそういう考えを持つ貴族が多いとは、レティシアも知っている。体質が強いほど好奇の目を向けられて不気味がられる。

「彼女達は妬ましいだけだろう」

「え？　……妬ましい、ですか？」

予想外の言葉に、レティシアはきょとんとする。

「そうだ。君が私にもっとも相応しい婚約者であること、未来の妃になること——そして、この美しさに彼女達は嫉妬している」

ウィリアムが言いながら、絡めた指、それから手首にもどんどんキスをしていく。

彼の言葉を聞くごとに、胸が熱くなる。人々が見ている状況もあってレティシアは恥ずかしさからも手を取り返そうとした。

「ウィリアム様、おやめください。人の目がありますから」

「人の目があるから、見せつけているのだ」

握った手の指に、かりっと甘く歯を立てられた。

「あっ」

甘い痺れが、昨日熱を感じた腹の奥にじんっと起こった気がした。

「私が君に夢中であることは事実だ。今すぐにでも君が私の妃になればいいのに、と思っている――君の中に私を刻み付けたくてたまらない」

腹を抱く彼の手に、ぐっと力が入る。

昨日触れられた下腹部を強く押されて、彼が言おうとしていることが分かった。押し付けられ、彼の身体の一部が硬くなっていることにも気付く。

レティシアは真っ赤になる。

「あ、の……ウィリアム様、それだけは……いけませんから……」

彼は男として、レティシアに興奮しているのだ。

もう二度とあんなことがあってはならないと思っていたのに、名前を口にしたら、ときめきも強まって流されてしまいそうな予感に困ってしまった。

ウィリアムは周りの者達に見えていない密着した部分で、硬くなり出しているそこをレティシアに当ててくる。

男性にこんなにも直球で欲望を向けられることに慣れていないレティシアは、胸が早鐘を打った。顔がとても熱い。

心を奪ってしまう魅了、なんて厄介な魔法なんだろう。

少しは魔法が解けつつあるようだと騎士達は感想を述べていたが、とんでもない。

(これ、全然弱くなっていないわよねっ?)

「はぁ、そんな可愛い反応をされたら我慢できなくなるよ」

「え？　きゃあっ」

ウィリアムが、不意にレティシアを横抱きにして歩き出した。

「ウィ、ウィリアム様っ」

「我慢できなくなった——君に、触れさせて欲しい」

彼が唇を寄せて秘め事のように囁いた。

初めて聞いた時から腰にくる声だと思っていた。それが、色気と甘さをまとうと威力倍増で、レティシアはぶるっと震えた。

「……だ、だめ、です」

「声だけで反応してくれているのに？」

　こらえたのに、抱き上げている彼は気付いてしまったようだ。歩きながらもっと抱き上げて、レティシアの顔を覗き込み艶っぽい声を落とす。

「私の声が好きか？」

「あっ、ン――ウィリアム様、いじわるはどうかおやめください」

　ここは中庭だ。レティシアは人の目を気にした。

「大丈夫だ、こうしていれば私しか聞こえないし顔だって見えない。そうか、君の好みの声だったのは嬉しい――それなら私の声をもっと聴いておくれ、レティシア」

「ふ……っ」

　耳から背にぞくぞくと快感が走り、声が出ないよう咄嗟に口を押さえた。

「ふふ、いじらしいな。昨日君に触れることができた感触が忘れられないんだ。もっと、もっとと、私の本能が君を求めている」

　彼の手に、ぎゅっと力が入る。

「こんな想い（おも）いは初めてだ、この時間は、君を独り占めしたい」

　もう止まれないと分かるほど、彼の身体は熱い。

（そこまでして、私のことを欲（ほっ）してくださっているの……？）

　レティシアは、どきどきして震えている手を彼の胸板に添えた。それを合図に、彼の足が速まる。

「今日の休憩は少し長めに取ってある。君の家にもあるというガーデンハウスなら、君も落ち着いてくつろげるだろう」

逃げられないいたくましい彼の腕の中、レティシアは人の目もない二人きりになることへの不安と、そして自分の胸の高鳴りを聞いていた。


彼が向かったのは王太子専用のプライベート・ガーデンハウスだ。

王族区にあり、ハウスの内側にぐるりと背の高い植物が配置され、外からは見えないようになっている。

そこは王太子が仕事の合間にくつろぎに来る、憩いの場所として知られていた。

中央には、彼の仮眠用の美しい扇型のソファベッドとテーブルセットも置かれてある。

「……あっ……あぁ……ン、んぁっ」

今、そこには彼以外の者の声が、細く上がっていた。

レティシアは座面が半円になったソファベッドで、ウィリアムの膝の上に座らされていた。

彼に背を預け、太腿(ふともも)を大きく開かれた姿勢で腰を揺らして、ねだるような甘い喘(あえ)ぎ声をこぼしている。

大型クッションに背を預けたウィリアムは、そんな彼女の胸を服の上から揉みながら、たくし上がったスカートの中で手を蠢かせていた。

「ひゃあぁっ、上っ、だめ……っ」

一番敏感な部分をこねくり回され、レティシアはぶるんっと腰を震わせた。

快感と、こんなことになってしまった背徳感に涙がこぼれた。

「気持ちいいんだろう？　中から溢れて、もう私の指も濡らしてる」

「ひっ、んん、ぁっ」

「君が望んだ通り他は脱がしていないよ。さあ、もっと声を聞かせておくれ」

ウィリアムが、喘ぐレティシアの火照った頬にキスをする。

ここに来るなり、彼はソファに座って彼女を自分の上に座らせた。そして後ろから優しく身体をまさぐり、首を愛撫され、緊張が解けたと思った時には、彼の手が太腿の間に忍び込んでいたのだ。

それまで、時間はほとんどかからなかったと思う。

（あっ、あ、どうして、こんな）

胸に触れられた際、だめだと訴えてドレスを引き下ろさないでくれた。けれど衣装の上から乳房の先をこすられるのは、直で触れられるのとはまた違った背徳感と絶妙な加減の快感があった。

「あぁあっ」

「胸の先もすっかり愛らしく硬くなった」

時々そこをつままれることすら不埒な快感を生み、身体の中心へと走り抜けて愛液を促してくる。

「君の声で私は癒やされるんだ。とても素晴らしい休憩だよ」

蜜口をすでにとろとろになるまで彼に触られていたレティシアは、広げた太腿をびくびくっと悶えさせた。

彼は積極的だった。声は熱っぽく、興奮しているのが吐息からも伝わってくる。

(あの怖い王太子殿下がこんなこと……、おかしいわ)

レティシアは、初めて見た際の印象からもウィリアムが休憩中に女性に手を出すイメージはなかった。

(それに、こんなにいやらしくて恥ずかしい恰好（かっこう）――)

そう思った時、耳元に吹きかけられた吐息にぞくんっと背がそった。

「そろそろ中の熱も確かめたい」

直後、彼の指がレティシアの中にぬぷりと押し入ってきた。

「ひゃあぁあっ」

昨日と、違う。

（ああ、こんなに……あっさり入るなんて）

固く閉じていたものが、昨日彼の手ですっかり開かれてしまったのだ。

味を覚えたレティシアの花弁は、あっさり彼の指を咥え込むと、いやらしくうねってちゅうちゅうと吸い付く。

「ああ、昨日より慣れたみたいで良かった。中が吸い付こうとしているのが分かるか？」

「ごめんな、さい……あぅっ、ン」

挿った指が、秘裂の内側の膣壁をくちゅくちゅとこすってくる。

（やだ、ぞわっとして、気持ちよくて……）

蜜壺の奥が、収縮してじーんっと甘く痺れるのを感じた。

未婚なのに、両親も兄も知らないところで、しかも王太子に女性として快感を覚えさせられている――。

だめだと思うのに、官能に身は震え、レティシアは羞恥の涙をこぼす。

「可愛いよ。何も謝る必要などない」

唇で涙を吸われ、頭の上にもキスをされた。

「何も知らなかった君が、私の手で快感を覚えて気持ちよくなってくれる。私はそれがとても嬉しい」

ウィリアムが、指を出し入れし始めた。

昨日よりも、深い場所をとんとんとんとノックされている感覚があった。それが鈍く響いて、苦しいのにお腹の奥がどんどん気持ちよくなってくる。

「やぁっ、ウィリアム、様……あっ、あぁ」

レティシアが見つめる視線の先で、ウィリアムが指の動きを速めた。彼の手の動きで上がったスカートが小刻みに揺れるのが見えた。

「こうやって男性器を出し入れするんだ。今の君にはまだきついかもしれないが……この指が、私のモノだったらとは考える」

囁かれ、想像させられた瞬間に中がきゅんっと締まって、レティシアは突き立ててくる彼の指を一層感じてしまった。

「やぁあ……っ、あん、んっ」

すると片方の胸を揉まれ、耳も甘噛み（あまが）された。

「あ、あ、一緒は、だめ……っ」

「ふふ、私に貫かれることを想像してくれたのか。なんと初心で、愛らしい」

蜜壺にノック音が甘く、甘く響いてくる。

ゆらゆらと腰が持ち上がり、レティシアはたまらず彼の服を摑んだ。

「あっ、あぁっ、ウィリアム様、だめぇ、もうイ……っんんぅ！」

そのまま呆気なく達した。

足の指の先まで、じーんっと痺れる感覚があった。下腹部の奥から快感が突き抜け、中で男の指を締める感覚さえ悦楽に変わっていく。

「あぁ……あっ……」

レティシアは、蜜口がひくんっと脈動するのを感じていた。訪れた心地よいあのけだるさに身を委ねて、彼の身体へと腰を沈める。

「とても愛らしい果てだった。素晴らしかったよ」

ウィリアムが、レティシアの汗ばんだ額を撫でて頭に唇を押し付けた。

「なら、もう……」

「まだ時間はある。まだまだ君を味わいたい」

彼が寝椅子に一緒に倒れ込み、横向きになって後ろから抱き締めてくる。

「ウィ、ウィリアム様？」

「私も気持ちよくなりたい。今度は、君と一緒に」

その言葉の意味を考えていると、乱れたスカートから太腿を撫でられてぴくんっとした。

「んっ、ぅ」

口からこぼれた自分の甘ったるい声を聞いて、彼女は恥じた。

咄嗟に口をつぐんだら、ウィリアムが後ろで満足げな息をうっとりともらす。

「もう一度果てられそうで良かった。――私も、もう止まれない」

「えっ？」

不意に、強く抱き寄せられて彼の腰がぐっと密着してきた。レティシアの尻が、ふにゅっと形を変える。

「あっ……」

太腿の付け根に押し込まれた、硬く温かなモノに気付く。

蜜口をぴったりと覆うほど大きく、そして脈打っているそれがなんなのか分かって、レティシアは小さく震えた。

「ウィ、リアム様……これは……」

「感じるか？　君を欲して、こんなに大きくなっている」

男性のそれは、相手の女性に欲情すると大きくなるものだとはレティシアも子作りの教育で教わった。

その実際の雄々しさに驚きつつ、それを隠しもしない王太子に戸惑った。

（だめ……こんなことは、さすがに）

けれど、彼の腕にがっちりと捕らわれて逃げられない。

彼が、ゆっくりと肉棒を前後に動かし始めた。

「んんっ」

レティシアは、蜜口に感じたぬちゅっとした感触に身を震わせた。脈打つ彼の熱い一部をこすりつけられるのは、指で撫でられた時とは違う快感があった。

「あっ……ぁ……っ」

ゆさゆさと揺れるたび、蜜口がじゅんっと濡れていくのを感じた。

「昨日から、君とこうしたいとずっと悩まされていたよ。君もいいようで、嬉しい」

ウィリアムが強く腰を振り出した。

あまりにも強くて、押し込まれるたびに尻がぶるんっと揺れた。

「ひゃっ、あ、ま、待ってください、あん、あぁっ」

彼自身が、蜜口の上を滑ってスカートを押し上げるたび甘くねだるような声が口からこぼれ出てしまう。

（まるで、本当にシているかのよう――）

溢れた愛液が、二人がこすり合うたびぱちゅっぱちゅっと音を立てている。

彼の興奮に呑まれるようにして、初心なレティシアも与えられる快感でいっぱいになった。

「君が欲しくてたまらないよ、愛しい私の女神」

彼の甘い吐息で背中が粟立つ。互いの性器がこすり合っているいやらしさに、びくびくっと下半身が震えた。

ウィリアムが、レティシアの太腿を摑み腰を激しく振り出した。

「あっあ、あぁ、ウィリアム、さまっ」

「レティシア、とてもいい。もっと締めてくれ。君の間でイきたい」

いやらしい、いけないことだ、それなのに——レティシアは、彼が夢中で腰を振っていることも嬉しいと感じてしまう。

彼が気持ちよくなっているのなら、今は彼の望むままにしてあげたい。

レティシアは言われるがまま太腿を締めた。

「あっ、ああっ、いい……っ」

途端、互いがぐちゅぐちゅと強くこすれ合ってたまらなくなった。

「レティシアっ、レティシアよすぎるっ」

ウィリアムが手を下へ滑らせ、花芯をくちゅくちゅと刺激した。

強い快感が、ぞくぞくっと腹部の奥まで駆け上がった。

「あ、あっ、ウィリアム様だめっ、そんなことしたら……！」

頭の中が真っ白になる。彼のために太腿を閉じなくちゃと思うのに、次の瞬間レティシアは一人で達してしまっていた。

身体の奥で快感が弾けて、太腿をきつく閉じた。

かっと熱くなった蜜壺の入り口で、ウィリアムが一層自身を前後にじゅくじゅくとこすり上げる。

「だめぇっ、イ、イってる、からっ」

「もう少しだっ、頼むもう少しでいいから――ぐ、う……！」

寝椅子にしがみついて喘いでいたレティシアは、ウィリアムが力いっぱい腰を引き寄せた際に、スカートに白濁を放ったのを感じた。

（ああ、なんてことをしてしまったの……）

絶頂の余韻を、二人でじっと感じながらレティシアは思った。

火照った顔を少し後ろに向けてみると、満足げにくったりとしている彼がいる。

その表情を見て、胸が甘く切なく締め付けられた。

（ウィリアム様、とても安らかなお顔をされているわ）

いけない行為をしてしまったと思うのに、彼女は自分と同じく果てたあとの心地よさにまどろんでいる彼の時間を、邪魔できなかった。

ウィリアムと濃い時間をガーデンハウスで過ごしてしまったレティシアは、身を綺麗にされたあと馬車まで送り届けられた。

身体が火照り続けているような、ふわふわとした感覚のまま帰宅した。

それくらい、レティシアにとっては衝撃的で濃厚な時間だった。まだ彼と特別な何かで結ばれ続けているような感覚さえあった。

『今日も素晴らしい休憩だった。また、来てくれるね？』

いけないことをしてしまった背徳感よりも、頬に手を添えてくれたウィリアムの手の温もりと、彼の優しい笑顔ばかりが脳裏に蘇った。

ウィリアムに公務の外出が入っているらしいと、夕方に帰宅した兄によって知らされた。明日の王宮行きがなくなったようだ。

そう分かったレティシアは、正直密かにほっと息をもらした。

（このままでは、だめだわ）

その翌日、兄や両親が外出していったあと、レティシアは一人リビングで考えた。

一昨日の休日に続いて、昨日もウィリアムと男女の触れ合いをしてしまった。いけないことだ。しかし、もし次に求められたとしても……レティシアは、抗えない気がしているのだ。

『君に、触れさせて欲しい』

彼のあの甘い声を思い出すだけで、身体から力が抜けていく感覚があった。

（どうして？）

レティシアは、熱を帯びた頬を両手で押さえた。

自分の胸が高鳴っていることに混乱した。わけが分からない。初めてキスされた時と同じく、彼に触れられていることをちっとも嫌だとは思わなかった。

『君が欲しくてたまらないよ』

彼の声を思い出し、胸が甘く疼いた。彼に触れられた場所がひくんっと熱を持つ。

「お嬢様、そろそろお時間です」

ガーベラに声をかけられて、ハッと我に返った。

「そ、そうね。私達も出掛けましょうか」

レティシアは頬の熱を冷ますように立ち上がり、動き出した。

王宮へ行く予定もないのに外出したのは、昨日捜せなかったマーヴィー氏と会うためだ。

昨日の夕刻、マーヴィー氏の弟子だという若い学者が自宅へ訪ねてきて、明日に外で会えないだろうかと彼の提案を伝えてくれた。

王宮に行く予定がないと、彼も知ったのかもしれない。

レティシアとしても早く話を聞きたく思っていたので、早速会う約束をしたのだ。

待ち合わせ場所は、王都内にある民族歴史研究所だ。

彼は本日、別件の仕事でそこにいた。ルボー卿（きょう）の孫で二代前の学会長によって立ち上げられた専門書の集まる場所だとか。

「昨日は申し訳ございませんでした。私を捜していたようだと知人に声をかけられ、私も引き返したのですが、その時にはすでにあなた様の姿は見当たらず」

マーヴィー氏は仕事の途中だったようだが、机の上の大量の民俗学の資料をどけながらそう言った。

「ああ、それから、あなた様のメイドに退出を願ってしまい申し訳ございませんでした。今回の件は陛下達と進めている内容でありますし、相談役としては、相談者への守秘義務が基本でもありますので」

「ガーベラも分かっていると思います。気にされないでくださいませ」

ガーベラは、父に色々と指示もされている。年頃なのに男性と二人きりだなんて、と言っていた彼女を説得し、レティシアは大丈夫だと言って一人だけ入室したのだ。

(心配してくれているのよね)

昔から、妹のように大事に世話してくれていた。

レティシアが異性と交流が少ないため、怖がることを彼女はよく知っていたから。

「そうそう、昨日の王宮のことですが」

聞き流そうとしたというのに、ぶり返されてレティシアはどきりとした。

簡単にお茶を淹れたところで、マーヴィー氏が思い出したように言う。

「昨日は目撃情報のあった中庭に足を運んだのですが、近くにもお姿が見当たらず。間もなく、あなた様が殿下と会う時間になってしまいましたので、もうきっと彼のところだろうと思いそのまま帰ったのです」

「そ、そうです、ウィリアム様のところへ行っていました」

何も大事はなかったと、レティシアは慌てて答えた。

彼が捜してくれていた時、すでにプライベート・ガーデンハウスでウィリアムと——そう思い出して顔が熱くなってきた。

あのあと、ウィリアムに呼ばれた王太子付きのメイド達は、乱れた寝椅子を見てそこで何が行われたのか悟っただろう。

けれど、優秀に仕事だけを進めて何も言わなかった。

密かに噂されているのかどうか考えると、またレティシアは気になってきた。

「レティシア嬢、どうぞお茶を飲んで心を落ち着けてください」

「えっ？　あ、はい」

カップを示すマーヴィー氏を見て、慌てて促された通りにする。

「このたびはご足労を誠にありがとうございました。人の多い場所は緊張するとはうかがっております。ハーブティーは心を落ち着けますから」

「ご、ご丁寧に、ありがとうございます」

意外な細かな配慮が有難い。味はさっぱりとしていて、鼻梁を抜けていくハーブの香りが、確かに悩んで緊張していた心を落ち着けてくれる気がした。

「あなた様が彼のもとに通ってくださってから、早急に回復へ向かっているようだと報告を聞きました。それは、我々が想定していた以上に早いです」

「あの……ウィリアム様はよくなっている、のでしょうか？」

「確実によくなっていると存じます。私も、先日に面談のお時間を持たせていただきましたが、近況を語っていた際もしっかりされておられました。魔法について尋ねると無言になりますので、まだかかってはいる状態ではございますが」

レティシアとしては、状態が改善していっているとは思えなかった。

昨日だって、ウィリアムはおかしなほど熱を上げて彼女を求めてきた。

「そもそも殿下の場合、月光で魔力を放っていた青い髪を見ている時間が短かったため、中度よりも下の軽症状態なのではないかと推測されます」

「そうすると……魔法は、元々軽くかかっている状態だとおっしゃりたいのですか？」

「レティシア嬢自身は、そう感じていらっしゃらない？」

「は、はい、だって、その……ウィリアム様は、以前の彼とは思えないほどで『好きだ』『君に夢中だ』と平気で口にもしてくるものですから……」

キスのことだとか、男性として興奮している様子だとかは、レティシアの口からはとてもでないが伝えられず、そう説明した。

「ふむ……恐らく魅了の効果の一つだと思いますよ。感情の言葉を口にすることに躊躇（ちゅうちょ）がなくなるのも特徴ですから。まぁ、簡単にたとえるなら媚薬（びやく）と同じですかね」

「び、やく……⁉」

初心なレティシアは、さっと頬を染めた。マーヴィー氏が何やら説明を続けているが耳に入ってこなくなる。

媚薬というのは、相手を〝その気に〟させる薬だとは聞いた。

レティシアも子作りの教育を受けた時に、夫になった人をうまく興奮させられずできなかった場合は、相談して使用する方法もあると言われた。

（もしかして、彼が休憩中に女性を求める行為に及んだのも、魅了によって媚薬の効能が出ていたから……？）

そう考えると、これまでの彼とは思えない行動も頷ける。

（ど、どうりで、あんな雄々しく……）

彼の男性部分が、とても大きくなっていたことを思い返す。

魅了の魔法は、相手を夢中にさせて虜にさせる、とは聞いていた。

まさか性欲を増幅させる効果もあるとは思っていなかっただけに、レティシアには衝撃的だった。

（だから、ウィリアム様はおかしくなられたんだわ……）

胸が切なく締め付けられた。

分かっていたはずだったが、彼の行動が想いの表れであったのなら……と一瞬でも期待を抱いていた自分に気付いた。

だから、こんなにもショックを感じている。

（私……彼の優しい手や、笑ってくださった顔が好きで）

そう切ない気持ちのまま思ったレティシアは、不意に気付かされ、続く衝撃にゆるゆると目を見開いた。

（……嘘……私、ウィリアム様のことを）

なんてことだろう。まやかしの関係なのに、優しくされるたびレティシアはウィリアムに惹かれていたのだ。

彼と過ごす時間に胸をときめかせた。そして青い髪を否定されなかったことで、受け入れてくださるんだと嬉しくなって、喜んで――彼をとっくに特別視してしまっていた。

レティシアこそ、ウィリアムに心を奪われてしまったのだ。

自分が魔法をかけてしまった王太子ウィリアム・フォン・ロベリオに、恋をしてしまった。

（魔法で一時、相手の心を得ている状態はとても虚しくて――悲しいわ）

彼の言葉も表情もすべて、こんなにも彼女の心に喜びを与えてくれている。

唐突に自覚してしまった恋心を否定できない。触れられることを拒めないのも、憧れてはいけない人に恋心を抱いてしまったから――。

「――ィシア嬢、レティシア嬢？　大丈夫ですか？」

心配そうな声が聞こえて、ハッと顔を上げた。

「い、いいえ、大丈夫ですわ」

「そうですか。何やら私の話が聞こえていなかったようでしたので。女性に対して、媚薬という言い方はよろしくありませんでした。申し訳ございません」

媚薬のような症状が実際にあるのだ。

ウィリアムが唐突にキスをしたくなるのも、すべてそのせい――そう考えると胸が苦しかった。

それなら、いよいよできるだけ早く解決しないと大変だ。

「と、ところで護衛騎士様達から伝言を聞きました。何か、早くお話したいことがあるとか――魔法の解除に何か進展でもあったのでしょうか？」

「ああ、実は髪が青くない状態でレティシア嬢がそばにいることによって、魔法を解くことを速めてくれているようなのです」

「えっ？」

「王宮に滞在している専門家チームの観察と分析からも、殿下の魔法が弱まっているのは確かです。髪で魔法をかける【精霊ラトゥーサー】の逸話を集めてみましたが、我々のこの推論は、ほぼ正しいと証明してくれました」

その精霊は、異性を魅了して水の中へ引きずり込む。

魔法にかかった者は、会いたい一心で精霊のもとへ向かう。つまり元々は、呼び出すための魔法だったとも考えられる。

「そうであるのなら、魔法をかけた本人がそばにいるだけで魔法効果を薄めていくことも可能であると、我々は昨日までの経過からも確信いたしました」

マーヴィー氏は、そう説明を締めた。

話を聞いていたレティシアは、真っ青になっていた。

「……その他の方法は、ないのですか？」

「精霊の魔法に効くとされている、いくつかの薬草と調合薬を試す方法につきましては、殿下に口にしていただくのは難しいと判断いたしました」

彼は残念そうに首を軽く振った。

「御身に何かあっては大変だと王室も許可を出しにくいと……。殿下自身、護身の対策として代々の王族がされているように毒に耐性をつけておられるようで、王室からは薬草が利かない可能性も指摘されました」

今のウィリアムと会っている状況こそが、魔法を解くための行いになっていた。

　そこにレティシアは動揺する。

「こ、この話は」

「すでに昨日、陛下らにはご報告申し上げました。殿下の外出に合わせて本日、王宮の関係者達にも共有されるそうです」

　ということは、みんな率先してレティシアとウィリアムが顔を合わせる時間を作ってあげようと動くだろう。

（でも、それではまずいの）

　否応なしに惹かれていっている身を思えば、これ以上好きになってしまう前に、レティシアは彼と距離を置きたかった。

「……あの、ずっと一緒にいなければならないのでしょうか？」

　彼女は胸に手を引き寄せ、すがる思いでそう尋ねた。

「その、ウィリアム様も王太子殿下としてお忙しいでしょうし、私も未婚の身です。縁談探しのこととかもありますし……」

　まだ予定はしていないが、そう理由付けをしておく。

　すると彼が、表情を柔らかくした。

「そのことでも安心していただきたく、いち早くお伝えしたいと考えておりました。精霊が、自分のもとへ呼ぶための魔法であれば、同じ敷地内にいることでも効果を発揮すると我々は推論を立てております」

「とすると……殿下がいる王宮を歩く、ということですか……？」

「はい。【湖の精霊】に関わる古い伝説で、湖の村内で保護された者が数日で会話ができるほどまで回復した、という記述を発見いたしました。別の精霊の体質の方ですが、同じ屋敷で暮らしたところ、魔法が解けたという治療成功も最近聞いたばかりです」

この話も含め、新たな治療方法の提案はすでに国王達にも提出済みだという。

「それに可能なかぎり魔法を弱めることができれば、聖水が使えます」

「聖水……？」

「精霊信仰がある地に存在している清らかな湧き水です。これまであらゆる精霊の子孫に効いた実績がございます。残念ながら、効力がとても弱く、微力な魔法を解くのに限定して使われています」

「清らかな水なら……王室も飲ませることを許可しそうですね」

「まさにその通りです。この聖水が使用できれば、あなた様にとって一番の解除薬になると存じます」

薬草の魔法解除ができないと聞いた時は絶望したものだが、彼はきちんと解決策を用意してくれていたのだ。

レティシアは、心強いサポーターに深い感謝の気持ちが込み上げた。

「ありがとうございます」

「いえ、実を言いますと、我々専門家としてはこの治療方法が確かなものであるのかどうか確かめたい気持ちがあります。顔を一度見せれば、殿下も仕事から飛び出したりはしないでしょうから。よろしければこの方法を試してみませんか？」

「はい。ぜひ、そうしたいと思います」

彼と一緒にいる時間を減らす。

それが叶うのなら、レティシアにも最善の方法だった。

同じ敷地内にいることでウィリアムの魔法が弱まっていってくれるのなら、人が多い王宮を歩くことも頑張ろうと思う。そう答えると、マーヴィー氏はその勇気に感謝すると述べた。王宮側へは彼が伝えてくれるという。

レティシアは本日会ってくれた彼に礼を伝えて退出し、外で待っていたガーベラと共に民族歴史研究所をあとにした。

四章

帰宅してしばらくした頃、王宮から協力する旨の知らせが届いた。

早速マーヴィー氏が動いてくれたらしい。

近々ウィリアムは執務だけでなく、公務も多めになるようだ。休憩がてら貴族らと食事の予定も入れたいので、その方法を取ってくれるのは有難いと王妃も手紙に書いていた。

（よかった、それなら今週は顔を出すだけで済みそう――）

その代わり、平日は毎日王宮に行くことは必須だ。

それでも彼と過ごす時間が減るのなら……とレティシアは思った。

そして、その翌日から彼のもとへ顔だけを出す日々を始めた。

長居はしないことを考え、彼の仕事時間に訪れて『お忙しそうなのでまた……』と挨拶をして早々に帰る。

一日目も、二日目も――そして今日もそうだ。

「ごきげんよう、ウィリアム様」

「来てくれてありがとう。君に仕事の心配をされては、頑張らねばならないと私も一層気が引き締まる」

そう優しく答えて微笑むウィリアムを見ると、避けている罪悪感でレティシアの胸は痛んだ。そして、もっと見つめ合っていたい気持ちに駆られた。

けれど、見つめ合う時間が伸びるほど好きな気持ちが育ちそうな予感がして、断腸の思いで彼女はまた別れを切り出すのだ。

忙しいのは本当なようで、ウィリアムも納得して見送ってくれることにはほっとした。

レティシアは彼に『帰る』と嘘を伝え、執務室をあとにした。

（魔法が弱まっている効果もあるのかも……）

そのあとは迷子にならないように王太子付きの護衛騎士が一人そばに付き、王宮内をしばらく散策する。

彼の名前はロジェ。なんと今週から彼女に付くことになった護衛だ。

迎えの馬車に乗って伯爵邸までやってきて、帰りの馬車に乗せるまでを担当する。

レティシアが、タイミングよくウィリアムの忙しい頃合いに顔を出せたのも、王宮の者達と彼が協力してくれているからだった。

朝にアルフォンスが出仕したのち、ロジェが迎えに来て、その日のウィリアムのスケジュールをレティシアに知らせてくれる。

その翌日も同じだった。

朝食後の時間きっかりに、ロジェは王宮の馬車と共にやって来た。

「ごめんなさい、あなたは王太子付きの護衛騎士なのに……私が王宮に向かうまで、こちらで待機しながらも護衛の任だなんて」

「お構いなく。私は王太子付きですから、殿下の仮婚約者を守るのも任務です」

どのタイミングで出発して王太子の執務室に顔を出すのかは、その日の予定をロジェに聞いてからレティシアが決める。

出掛けるまで彼は屋敷内に待機することになるのだが、出発待ちの間も彼女の護衛として勤めた。「刺繍の時間ですか？　お荷物、お持ちいたします」

「えっ、あ、大丈夫ですわ」

「平気です、お任せを。日差しは暖かいとはいえ窓からの風には気を付けなければなりません、ブランケットをお持ちしましょう」

彼は『これも自分の仕事なので』と言って、まるでレティシアの騎士のごとく動いた。

レティシアは、王太子の護衛騎士が家でもそばに付いていること自体慣れなかったのだが、おかげで屋敷の者達はすぐ打ち解けたようだ。

「おや、ロジェ殿もまだいらしていたのですか」

「ラクール伯爵様おかえりなさいませ。これからレティシア嬢を王宮へ連れてまいります」

「王太子殿下の護衛騎士が付いてくださるとは心強いことです、私も安心ですよ」

「お、お父様ったらっ」

レティシアの仮婚約はただの緊急処置の一環であるので、王太子の護衛騎士を借りてしまっている状況は大変申し訳ない。

ただ、そのおかげで日程も知れて今回の治療方法も順調だ。

ウィリアムは執務の最中だったので仕事を優先してくれたし、レティシアも顔を出すだけのことが難なく成功した。

無事に、そのままその週の休前日を迎えた。

慣れたようにこの日も別れを切り出したレティシアは、不意に彼から返ってきた想定外の言葉にどきりとした。

「つれないね。今日ももう帰ってしまうのかな、私の青い妖精は？」

レティシアは緊張した。

（一緒にいる時間を減らそうとしていることを、勘ぐられてしまった……？）

おそるおそる見上げてみると、ウィリアムはいつものように微笑んでいた。

「君が応援してくれているんだ、執務を頑張ろうと思う」

彼は疑っている感じはなかった。柔らかな声掛けに、密かにほっとする。

「そ、その、あまりご無理はなさいませんように……それでは、また」

「また明日」

今日も、すんなり見送ってくれた彼の笑顔を見収めることができた。

扉が閉められると、いつものようにロジェがレティシアのそばに付いた。

王太子の護衛騎士隊は、選ばれた者達だけが所属している華形だ。

その騎士服は目立ち、歩くと注目を集めた。事情を知らない者達から見ると王太子の仮婚約者だからだろうと納得されている空気があったが、レティシアとしてはそんな人を自分に付きっ切りにするなんて畏れ多い。

「あの……そろそろ私も道を覚えましたし、付きっきりでなくとも大丈夫ですわ」

気が向くままに散歩して帰るだけなので、同行は王太子の執務室まででいいのではないだろうかとレティシアは思うのだ。

「これが私の任務でございますので、お気になさらず」

そう言われてしまったら、レティシアはもう何も言えない。

彼は仕事で同行しているのだ。そして彼がいることで、彼女も自分の噂話（うわさばなし）など聞かずに済んで心強いのも確かだった。

（それにしても……）

王宮を歩きながら、先程のウィリアムのことを思い返した。

眉間の皺もなく微笑んでいる彼は、充実感さえ覚えて幸せそうな様子でもあった。あの冷徹王太子だと言われていた人が、と考えるとおかしいことではあるけれど、でも……とレティシアは最近思う。

もしも愛する人ができたのなら、ウィリアムは、その人のためだけにああいう顔を見せるのではないだろうか？

レティシアは、言葉を少ししか交わすことができない切なさから、こうして歩きながら彼を想って考えてしまうのだ。

（そしてその相手は、……私ではないの）

そう思ったら、またしても彼女は胸が苦しくなるのだった。

その週の休日、ウィリアムは両陛下と別領地で公務があった。

レティシアを連れて行きたい、と彼が言い出さなかったことに王宮の者達も安心していた。もちろん彼女自身もそう思っていた。

（――今の方法で、魔法の力が一層弱まっていっているのかも）

マーヴィー氏達が立てた推測は正しかったようだ。

レティシアと同じく、それを関係者達も実感したらしい。

週明け、ロジェへ連れられて王宮へ行ってみると、うまくいっているらしいですねと笑顔で声をかけられて労いと応援も受けた。

「もし『仕事中なのに』と言うように顔を顰められたら、かえって安心していいわけですね。それなら、今後も顔出しは緊張しなくてもよさそうですね」

そんな話を、すっかり見知った仲になった事務官や護衛騎士達と外で話した時は、レティシアもおかしくて笑った。

事情を知る王宮の者達は、引きこもりの彼女が根気強く通って、王宮内でしばらく過ごし歩いていることを尊敬していた。協力し、暇を潰すように話し相手にもなってくれていた。

そのおかげで、帰る時間を待って王宮で過ごすことにもだいぶ慣れてきた。

異性とも以前よりは話せるようになってきた気がする。

(私にとっても、いい効果かもしれないわね)

ウィリアムとのことを思えば切ないが、兄のアルフォンスも「話し上手になったみたいだ」と成長を喜んでくれた。

王都の屋敷で一緒に暮らせているのも嬉しいのかもしれない。王宮であったことをもっと聞かせてと、よくレティシアに促した。

毎日、決まった時間にロジェが屋敷にやってきて王宮へと足を運ぶ。ウィリアムの件に関しても、レティシアの希望通りに進んでいた。

ウィリアムと過ごす時間は、最小限にする。

彼から、少しでもこの心を離すのだ。

けれど美しい王宮内をゆっくりと歩き、そして彼とは違う別の男性と話すたび、ついウィリアムのことを思い浮かべた。

どうにかしなければと思うのに、誰と話していても、どんな美しい光景を眺めていても、同じ敷地内にいるウィリアムの存在がレティシアの中から消えないでいる。

会いたい、と思ってしまう。

彼と一緒にここで過ごせたのなら、どんなにいいか――と。

対策を取って彼と過ごす時間をなくしたというのに、レティシアの恋心は、どんどん育ってしまっている。

（憧れを抱いてはだめなのよ。あの笑顔も魔法があるからであって……魔法が解ければ、何もかもなくなってしまうのだから）

正気に戻ったら、彼の笑顔は睨む表情に変わるだろう。

責めを受ける覚悟はしてある。その時に耐えられるように、レティシアはできるだけ彼を愛してはいけないのだ。

「レティシア嬢、本日は伯爵とのお茶に間に合わせて帰るとうかがっております」

ぼうっと歩いて、もっと王宮の奥へ行こうとしたレティシアをロジェが止めた。

「え、ええ、そうね。もうこんな時間だったのですね」

帰る前に、一目でもいいからウィリアムの顔を見たい――。

そんな思いが胸にせり上がった。

レティシアはそれを振り払うべく帰る時間を教えてくれたロジェに礼を言って、そのまま彼に案内を頼んで馬車の方へと足を向けた。

その翌日も、ウィリアムに嘘を重ねていることへ胸を痛めて帰宅した。

メイド達に軽めのデイ・ドレスに着替えさせられると、きつさも和らいでくれたおかげか少しだけほっとできた。

「旦那様達もアルフォンス様も、本日はお戻りが遅いようです。夕食は共にできないと謝罪が――」

「いいのよ。お仕事なのは分かっているもの」

レティシアが柔らかく微笑み返すと、ガーベラが気を取り直させるように言った。

「夕食まで随分お時間がありますし、ティータイムはいかがでしょうか」

「お嬢様のためにと、奥様が美味しい菓子をご用意していますわ」

後ろで待っていた伯爵邸のメイド達もそう言ってきた。

わくわくした感じを見るに、食べて欲しい理由が別にもありそうだ。了承してついていきながらレティシアが目配せすると、ガーベラがこそっと教えてくれた。

「奥様が、お嬢様のために新作の紅茶をいくつもご注文を。大量に届いた紅茶を見た旦那様は仰天するどころか、アルフォンス様とそれぞれ菓子も取り寄せたのですわ」

「ふふっ、嬉しいわ」

レティシアは、ガーベラと顔を寄せ合って小さく笑った。

王都という場所は緊張するけれど、ひとたび屋敷に入れば気もほぐれた。

精霊の体質を持ち、青い髪になってしまう令嬢――。

それを気にする者はラクール家にいなかった。それが、王都に滞在するレティシアの心に安らぎを与えていた。

みんな、毎日レティシアが伯爵邸にいてくれて嬉しそうだった。

別荘から合流した使用人達も、仲間達と日々大きな屋敷での仕事に活き活きとしている。

今日は就寝まで一人で過ごすレティシアを気遣ってくれたのか、居る場所を行き来しては、要望がないか尋ねては会話をしてくれた。

そして寂しさも感じることなく、充実感のまま夜を迎えた。

今夜も、ガーベラがタオルを持ってそばに付きつつ、伯爵邸のメイド達によって湯浴みがされた。

「何度見てもお美しいですわ、お嬢様」

バスタブの外で、髪を洗うメイドがそう言った。

レティシアは、白い肌に水の玉をのせたままそこを見る。

濡れた長い髪は青くなっていた。浴室の換気窓が開けられて月光が入れられ、きらきらとした白銀の輝きを放っている。メイドがその髪を手で伸ばしながら丁寧に洗っていた。

「……気味悪くない？　大丈夫？」

「とんでもございませんわ！　美しいから毎日の湯浴みも楽しみなのです。こうして日替わりで、別荘チームに髪の世話役を譲ってもらっているほどですわ」

他のメイド達も、その通りだと声を弾ませて話し始める。

レティシアは、安心して微笑んだ。髪が輝きを宿すようになってから『触りたくないので無理です』と言って辞めていったメイド達も昔いたから。

それもまた、人との違いを気にし始めた当時のレティシアの心を打ちのめした。

「あの、あなた達は誰かに憧れたことはある？」

レティシアは、つい同性で年上でもある彼女達にちらりと尋ねた。

「ございますよ。当時つき合っていた今の夫とは、別のお方ですけれど」

「私も幼馴染と交際してそのまま結婚でしたが、同じ町でモテモテのお方には憧れましたね。友人達と一緒になって騒いだものです」

「それでも別の人と結婚したのね」

「わたくしは同郷の憧れだった年上のお方と結婚いたしましたわ。憧れが恋に発展するかどうかでも違うとは思いますけれど、どちにせよ、胸がきゅんっとして恋愛感情や結婚意識へのいいきっかけになるのは確かですわね」

「そうなの……」

とすると、苦しいのは今だけで、別の誰かと結婚して初恋が過去の思い出話になれる可能性は——ゼロではないみたいだ。

じっくり考えていると、メイド達が気付いて注目した。

「そもそも、お嬢様がそのような質問をされるなんて珍しいですね」

「確かに——あっ、もしや、お嬢様もとうとう気になるお方を作りたいと……⁉」

メイド達が盛り上がった。

「そ、そういうわけではっ」

慌てたが、乳母も務めていたメイドの次の言葉にはっとする。

「お嬢様も十八歳ですものね。ほんと、別荘で大きくなられて。旦那様は、お嬢様のお気持ちを優先したいとおっしゃっておられましたわ」

「私の気持ちを……」

「わたくし達も全力で協力いたしますわ」

「濡れなければ特別なお色が出ることもございませんから、外で俯かなくともよろしいのですよ」

そう話していくメイドのそばで、ガーベラが何か言いたそうな顔をしている。

そこにさえ気を付ければ、外に出ても構わないのだ。レティシアは彼女達の言う通りかもしれないと思った。

(現実を見るためにも……私も、動いた方がいいのかもしれないわ)

魔法で虜にしてしまっているだけ。

レティシアが王太子と結ばれることは、ない。

「…………頑張って、いい人を探してみようかしら」

仮婚約が解消されたあとに向けて努力することで、気も少しは紛れるかもしれない。

「最近は王宮通いで外によく行っていて、少しは慣れてきたし、良きご縁ができるよう社交場へも足を運んでみるのはどうかしら？」

「それはいいですね！　お兄様も喜ばれると思いますわ」

メイド達は乗り気だが、ガーベラは迷いを見せた。

「ですが、そう急に動かなくとも……」

「ガーベラ。お嬢様のしたいことを、わたくし達が止めてはいけません」

「私としては殿下とのご様子を見ていて、少し気になることが……」

「それが最近お嬢様を塞ぎ込ませている原因でしょう。魔法で好意を伝えられて、お疲れなのです」

乳母役だったメイドは呆れたようにガーベラへそう言ったが、嘘だと知りながら心は喜んでしまうのでレティシアは悲しいのだ。

「青い髪になることも受け入れてくれる人はいるかしら？」

ウィリアムの他に、そんな男性はいるのだろうか？

未練がましくもそう思い、気付いた時には話すメイド達にそう口を挟んでいた。

「います！　大丈夫です！」

若いメイドが、レティシアの髪を拭きにかかりながら力強く言った。

「社交が増えれば、良きご友人様もこれからたくさんできますよ。お茶をしたり、社交の場で楽しく話したり」

「ふふっ、それは魅力的ね。私にもできるかしら？」

「王都には、お嬢様と同じ精霊の体質持ちの令息令嬢も各地から集まりますし、出席された際にお声掛けして話をしてみるのもよいかと」

「もし出席したい場がありましたら、わたくし達みんなで、力を入れてご支度させていただきますからね！」

ガーベラが口を挟めず困ったように佇んでいる間に、レティシア達の話はまとまった。

湯浴みを終えたのち、レティシアは早速執事を呼んで届いている招待状や直近の集まりを確認してもらうことになった。

そして翌々日、レティシアは王宮から帰ると外出へ向けて準備した。

汗を流したあとに着せられたのは、ハニーブラウンの髪が合う、優しいピンク色のドレスだ。

それは今年の新作のようで、母が買って屋敷に置いてくれていたらしい。

母は、友好を広げたいとレティシアが言い、そのドレスを着て自分から若い令嬢令息の交流の場へ行くことをとても喜んでくれた。

だが、兄のアルフォンスは出席することを決めたと話した際に、考え込む顔をした。

『……俺もついていこうか？』

『大丈夫ですわ。お兄様の仕事の邪魔はできませんもの』

『アルフォンスったら、レティシアはもう子供ではなくってよ』

母にそう言われた兄は、納得していない顔で何やら考えていた。

ガーベラもまた、レティシアの身支度を整えながらも気が進まない様子だった。兄と同じく心配なのかもしれない。

「お嬢様、本当にお一人で大丈夫ですか？」

「ええ。私も伯爵令嬢なのだから、一人で社交もできるようにならないと」

そうは答えたが、引きこもりのレティシアの緊張は半端ない。

（でも、頑張らないと）

最近は王宮を行き来しているし、きっと大丈夫だと自分に言い聞かせる。

会場は王家所縁の場所なので安全だ。

若い令息令嬢が集まる交流会なので気を負わなくていいし、父も安心していた。

行き来にはガーベラを含めてレティシア付きのメイドが二人、御者席には護身術も嗜んだ御者と護衛が付いた。

もう西日に変わり出した頃、彼らに交流会へと送り届けられた。

「お嬢様、到着いたしました」

ガーベラの言葉に、レティシアは身を硬くした。別荘に引きこもっていたのでこのような場へ来ることには慣れず、やはり下車の際には手が震えた。

「お嬢様、大丈夫です。私はこちらでお待ちしておりますから、帰りたくなったらいつでもいらしてくださいね」

「え、ええ、ありがとう……」

「深呼吸なさってください。あとは、顔を上げれば大丈夫ですわ」

そうすれば立派な淑女だ。素敵なドレス衣装に仕上げられたレティシアは、ラクール伯爵の娘として背筋を伸ばし会場へと足を進めた。

受付で招待状を渡し、建物の会場内へと入る。

そこは多くの令息令嬢に溢れていて驚いた。ドレスや装身具の美しさだけでなく、王宮の舞踏会に近いくらい場も壮美だ。

(良きご縁、についてはあとよ)

引きこもりだった自分が、急に色々と進めるのは無理だろう。

水に触れる際には気を付けるとして、まずはこの空気に慣れようとレティシアは思った。

「ごきげんよう、フィッツェ子爵夫人」

「あらっ、珍しいところで会ったわね！　嬉しいわぁ、本日はお母様と？」

「いえ、見聞を広げてみたいと思い、本日は一人で」

困ったように微笑みかければ、母の友人である彼女の夫も歓迎してくれた。

「とても素晴らしいことだよ。なかなか話せる機会もないから、みなラクール伯爵のところの君をとても気にしていると思う」

まずは両親と付き合いがある家や、見知った顔に挨拶をしていった。その流れで一緒に談笑していた者達を紹介され、そしてレティシアも自分から自己紹介をする相手に声をかけてみた。

意外にもみんな温かく話をしてくれて、彼女も話すことへの緊張感が小さくなった。

「それにしても、交流会なのにとても人が多くて驚きました。人気なのですね」

そんな大きな会の印象がなかったものだから、話しながらふと口にした。

「今日は宰相閣下も顔を出しておられるから、我々世代の出席率も多いだろうな。本日は息子を連れてきていてね」

「わたくしの母も、ご挨拶とお姉様を紹介したい目的ですわ」

（そういうことだったの……）

若い世代の交流の場のはずだが、宰相が息子の縁談を考えて来ているから親世代がこのように集まっているようだ。

そうやって話していったのが良かったようで、次第に初めましての令嬢令息達の方からも、どんどん声をかけてきてくれるようになった。

レティシアは、王太子の仮婚約者だと緊張されていないことも有難かった。

すると、読書話に華が咲いたとある令嬢グループから、いい話を聞かされた。

「そういえば、『精霊の体質の会』の皆様にはもうお会いになりまして？　確か本日もいらしているはずですわ」

「いえ、まだ。王都にはそういう会があるのですね、存じ上げませんでした」

「うふふ、好きにそう名乗って集まっていらっしゃるのよ。嫌な目をする人達もいますけれど、堂々としてらしてわたくし達も好きですわ。ぜひ、顔を出していらして」

強い精霊の体質持ちのメンバーとして、十代の貴族達の中で有名な子達なのだとか。

彼らが集まっている場所を教えてもらったので、早速そちらへ足を運んでみた。

すると壁際の近くにその姿はあった。そのうちの一人が重力系と言われる精霊の体質持ちで、髪がふわふわと逆立っていたのですぐ分かった。

「僕らもお会いできて嬉しいです！　さあどうぞ」

声をかけてみると、彼らは快く輪の中に誘い入れてくれた。

リーダーは、華奢（きゃしゃ）な少年のジオだった。『精霊の体質の会』は数人の令息令嬢の集まりで、自己紹介にどんな精霊の体質を持っているのか教え合うのが恒例とのことで、レティシアも改めて名乗りつつ【湖の精霊】の子孫だと話した。

「私は、濡れると髪が青くなります」

「噂通りなんですね。同じ精霊の体質持ちの間では、レティシア嬢は有名でしたから」

「有名……？」

「生きるために水が必要、というのもかなり精霊に近いですし」

偏見もない目で頷いている彼らを新鮮な想いで見つめつつ、レティシアも納得する。

精霊の体質というのは現在稀有であり、症状が強いほど珍しさも上がる。だから自分のことを『有名』と言ったのだろう。

「僕は土に触れると指先が緑になるので、少し共感していたんです」

「まぁ、緑色に変わるのですね」

自分と同じように身体の一部の色が変わってしまう人も初めてだ。

「そういう人は精霊の体質が強いと言われていますし、もしや魔法もお持ちで……？」

「ふふっ、ここにいる全員が魔法持ちですわ。彼はすごいですわよ、太陽の光があればどんな植物も元気にしてしまえます。わたくしは静電気体質で嫌がられますわね。髪もずっと膨らんだままですので結んでいます」

「セットではなかったのですね。大きなウェーブがとても可愛いですわ」

「ふふふ、ありがとうございます、嬉しいですわ」

彼女がくすぐったそうにレティシアに礼を言うと、別の令息も前のめりで教えてくれる。

「僕は火の精霊の子孫で、暖炉に近付くと火を勢いよく燃やしてしまいます。ですが、暖を取るには困らない祝福があるんですよ！」

「彼ったら、それを『恋も燃えるようにできる男』なんて言って女性を口説いているのよ」

「ふふふ、本当ですの？」

数少ない同じ境遇の子達との話は弾んだ。

人が多くいると緊張しかないと思っていたが、彼らと心から笑い合えてレティシアの意識も変わった。

「皆様は、こうして社交すら楽しんでおられるのですね」

「嫌なことを言われるのも時にはあるけれど、気にしないわ。体質なのだから仕方ないし」

「俺の兄も『同じ現象がいないのは個性だ、自慢してやれ』と言ってくれるよ」

精霊の体質が強いと、どうあっても好奇の目に晒される。

彼らはあえて『精霊の体質の会』と名乗りを上げ、仲間同士で集まって社交の場に憩いを作って楽しんでいるのだとか。

(精霊の体質持ちであることを受け入れて、みんなたくましく生きているのだわ)

引きこもることなく、立ち向かう姿勢にレティシアは尊敬を覚えた。

「レティシア様は滅多に表に出てこられないと耳にして、心配していたのです。ふふ、今回の出席もきっと殿下の愛のおかげですわね」

「あ、愛っ？　そ、そんなことはなくて……！」

「隠さなくてもいいんですのよ？　あの殿下が一度お会いになってから、右腕のお兄様に何度もお尋ねになっていたようだと噂を聞きました」

「どうしても求婚したく思って、それでいったん仮婚約で話がまとまったのでしょう!?

婚約指輪も特別なものを作る予定で時間が欲しかったというお噂を聞いて、興奮しましたっ」

「別荘からレティシア様を連れ出した求愛を想像して、僕達も盛り上がりましたねぇ」

言葉を交わしていく彼らの笑顔を見て、レティシアは困った。

婚約指輪は必要のない関係だったから、そう言い訳がされているだけだ。

(彼が兄に色々と質問していたという話も……きっとそうね)

一瞬でも、少しは気にしてくれていたのかしらと胸がときめいてしまったことを後悔して、自責の念も込めてレティシアはそう思った。

魔法のせいで行動してしまっていることなのに、自分に恋までされてしまったと知ったら、ウィリアムは迷惑がるだろう。

落ち込んで下を向いた時、彼らの会話が一気に自分に向いて驚いた。

「外国の仮婚約制度って、女性側にも考える時間を持たせてくれるものだろう？　まだレティシア嬢が了承していないということなのかい？」

「えっ？」

顔を上げると、期待の眼差しでこちらを見ているジオ達がいた。

「精霊の体質持ちであることを気にされなくてもよろしいのですわよ。歴代の王妃の中にもいらっしゃいますわ」

どうやら事情を知らない者達は、王室などからすでに結婚に相応しい相手だと許可が下りた状態だと思っているようだ。

ウィリアムとの仮婚約は〝対策〟にすぎない。

レティシアが好きだと答えたとしても、婚約が成されることはない――。

(なんと答えればいいの?)

同じ精霊の体質持ちで、心が通った彼らに嘘を重ねたくないと思った。

仮婚約が破棄となった時に心配をさせたくない――。

「少しお話よろしいですか?」

その時、真っ赤な髪をした美しい青年に声をかけられた。年頃はレティシア達と同じ十代後半といったところだろうか。

(珍しい髪のお色だわ……でも最近、どこかで見たような?)

そうレティシアが考えているそばで、令嬢達が「まぁっ」と目を見開き、それから慌てて彼女に言う。

「レティシア様っ、行くべきですわ! お兄様もお世話になっているお方でしょう?」

「え?」

「この会場で注目されている俺ら世代のトップだ、彼と話せる機会は滅多にないよっ」

令息達にもゴリ押しされた。相手が苦笑する。

「いえ、俺はそんな風に持ち上げられるような人物では」

有名な人みたいだが、レティシアは誰だか分からない。ジオ達が話すべきだと推すくらい、人柄のいい柔らかな雰囲気まで持った男性であるのだとは感じた。

質問をはぐらかすことができたのは有難く、レティシアはいったんジオ達と別れて二人で話せるところまで移動した。

「お初にお目にかかります、レティシア・ラクールと申します」

壁際から会場の内側へと進んでしばらく、向き合ったところで挨拶をした。

「俺はソランジュ・ボーエヌと言います。あなたの兄のアルフォンス殿とは、仕事でも少し面識があります」

「ボーエヌ……えっ、宰相閣下様の⁉」

びっくりして大きな声が出てしまった。

王族と、この国の重要な貴族の名前は頭に入っている。それに会場に入ってから聞いたばかりの話題の人物だ。

「ああ、突然声をかけて驚かせてしまったのですね。申し訳ない。偉いのは父であって俺でないですし、宰相補佐官としては末席の第四補佐官になりますから。そう緊張なさらないでいただければと思います」

「それでもすごいですわ、とても大変なお仕事だとは兄からも聞いています」

十代での宰相補佐官の登用は最年少だ。王太子の執務室勤務よりも試験点数も要る、とはアルフォンスから世間話で聞いた。

「わたくしは年下ですし、どうぞソランジュ様こそ気楽に話してくださいませ」

「それではお言葉に甘えて。こっちの方が楽ではあるんだ」

ソランジュが胸に片手を当て、有難そうに微笑んだ。

「先程の令息令嬢達が、あなたととても楽しそうに話しているのを見て、羨ましくなって。それでついお声を――その、あなたの兄とは食堂で時々同席させていただいたりもしている」

「まぁ、それでわざわざお声をかけてくださったのですね。ありがとうございます」

「いや……それだけが理由ではなくて……」

彼の視線が落ち、首の後ろを撫でる。彼のそこと耳の先が少し赤くなっているように見えて、レティシアは小首を傾げた。

「ソランジュ様？」

「ええと、彼らがあなたと楽しそうに話しているのを見て羨ましくなった、とは伝えたとは思うけど……」

「はい、そうですね」

「……まだ候補で、こういうところに出ているということは、俺にもチャンスはあるのかな、と思って……」

視線を逃がしているソランジュの頬も、かぁっと染まっていく。

近くの談笑グループが賑(にぎ)わいを増してよく聞こえなかった。レティシアが聞き直そうとしたら、彼はそれに気付いたみたいにはぐらかして笑った。

「よければ、俺とも仲良くしてくれると嬉しい、と思って」

兄が食事にも誘っているくらいだから、頑張り屋で応援したくなる人なのだろう。こうして声をかけてくれたのも嬉しく思い、レティシアはもちろんと答えた。

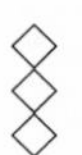

そのほんの少し前のことだ。

ウィリアムは馬車から下りると、護衛の声も無視して会場の受付まで駆けて向かった。

「こ、これは王太子殿下っ――」

「急ぎだ。そこを通せ」

護衛騎士にあとを任せて、ウィリアムは眺めのいい二階の見物席を目指した。

レティシアがここへ参加すると、アルフォンスが教えてくれたのだ。

『友好関係を広げる目的だそうですが、他の令息らがそう思うかは少し疑問で――』

『なぜそれを早く言わなかったんだ！』

『執務を疎かにして、仮婚約に嫌な顔をする派閥を増やすのは得策ではないかと。ですから殿下には、現在までに重要な執務をほぼ片付けていただきました。あとは俺の方で監督できますから殿下は身動きが取れます』

アルフォンスの考えはもっともだった。

（来る予定の時刻に間に合わせて、王宮を出られればよかったんだが）

しかし彼のおかげで、こうして王宮から出てくることができて有難く思ってもいる。

レティシア。彼女のことになると、どうしても冷静でいられないから。

報告を受けた直後に執務室を飛び出していたウィリアムは、貴族達が気付いて驚く目を向けていく中、会場の二階の通路を走った。

よく見渡せる場所まで行って下を覗き込むと、すぐにレティシアは見付かった。

――美しさが目を引き、誰もが注目しているからだ。

上から見ると、彼女を中心に円ができているのがよく分かった。

聞き耳を立て、ちらちらとうかがい、次は自分が声をかけたいと思っているのがありありと見て取れる。

それを目にした途端、ウィリアムは一瞬で腸（はらわた）が煮えくり返った。

しかも今、彼女の向かいには、一人の令息が立っている。

「あれは宰相の息子の……」

第四補佐官でもあるソランジュだ。彼はレティシアに何か話しかけられ、微笑みかけられて照れたように笑い返している。

それを見たウィリアムは、柵を強く握った。

(社交辞令でその手を取ってでもみろ。殺してやる)

ドス黒い感情が込み上げる。

宰相は確か、一人息子のいい相手を選びに行くと言っていたはずだ。ソランジュがその目的で近付いたのではと勘ぐって怒りが増す。

「おい、お前達」

「は、はいっ、王太子殿下いかがされましたか」

後ろから恐々と恐縮して見つめていた貴族達が、揃って身を硬くした。

「他に誰と誰が〝我が婚約者〟に近付いたか、知っている者はいるか?」

ウィリアムの凍えるような眼差しを受けた貴族達が、慌ててそれぞれ自分達が見た相手を挙げ始める。

どれも結婚適齢期の、いい家柄の令息達ばかりだった。

まだ候補の段階だと考えたうえでレティシアに接触したのかもしれない。

(この私の婚約者候補だと知っていて、近付いたのか)

婚約に至らない可能性を、少しでも見越して？

——そんなことにはならない。

ウィリアムの中では、すでにレティシアこそが〝婚約者〟だった。魔法がどうとか言って急きょ仮の婚約となったが、彼女を手放す気はない。

（私だけの、女性だ）

醜い嫉妬と独占欲で、内臓が焦げつきそうだ。

『あなた様は少々おかしくなっておいでなのです』

レティシアと二度目の対面が叶った日、今すぐ妻にすると王の間で言った際、臣下達にそう言って止められた。

確かに、あんなにもプライドが高かった自分が、恥じらいもなく想いを口にするなんてウィリアム自身不思議な感覚でもあった。

これが、魔法の影響なのだろうかとは、次第に感じ始めていた。

身体の内側で、次々に起こっていく感情が強く出て抑えきれないこと。そして、レティシアを構い倒したいこの気持ち——。

それを身体で表現したいという欲求もまた、魔法によるものなのだろう。

先日にマーヴィー氏と面談した中で、ぼんやりとそう感じられていることが魔法が弱くなっている感覚だとはウィリアム自身も摑めた。

けれど、魔法など関係ない。

ウィリアムは、ただただ彼女が欲しいのだ。

――あの、私の精霊が。

胸に、泉のように込み上げ続けてくる劣情があった。

それはレティシアを一目見た時からずっと、ウィリアムが感じ続けていたことだった。

湖で月光に輝く青い髪を見た時から、彼女に恋焦がれ、欲しい思いが抑えも利かず胸から溢れて止まらないでいる。

（それを溢れさせ続けて、何が悪い）

ウィリアムは、声をかけようとした貴族達を振り払って走り出した。

（一目見てからずっと、私の心を離さないでいるあの女性が――私は、欲しい）

魔法にかかっていると周りの者達に言われた日から、ウィリアムはレティシアの様々な表情を目に焼き付けてきた。

その愛らしさに、刻々と待ちきれない想いが膨らんでいた。

キスをするまで時間をかけ、そして慣らすために閉じられていた彼女の快楽を知らない花園をこじあけた。

その早急さは、彼自身も驚くほどだ。

他の誰かに奪われてはたまらない。

まだ候補でしかない彼女が、その清らかな身に別の誰かを受け入れてしまうことになりでもしたら、王太子妃になる資格を失う。

そうなったらウィリアムは、永遠に彼女を失ってしまう。

自惚れでなければ、彼女の心はウィリアムに向きつつあった。

そうなるように彼が仕向けた。キスも受け入れてくれて、今や慣らす行為にも愛らしく身を預けてくれる。

もう少し待ってやろうと思っているものの、——最近は我慢も限界に近かった。

彼女が欲しくて、我慢し続けている身体の中の熱が暴走しそうだ。

（いや、まだだめだ。彼女のそこはまだ私を受け入れるには小さい。それに恐れさせてはいけない、私は彼女の心も欲しいのだ）

ウィリアムは、階段も真っすぐ駆け下りた。

「また、今度はお時間がある時に話せると嬉しい」
「私もですわ」
レティシアもまた話すことを約束して、ソランジュとにこやかに別れた。

ソランジュは父に引っ張り回されており、少し休憩をもらったタイミングで気付いて声をかけてきたようだ。

注目されている宰相の息子と話したからか、数歩進んだだけで大勢の令息に声をかけられて驚いた。自己紹介をし、そちらが終わると次の令息とまた短く言葉を交わし――途端に忙しくなってしまった。

「これまで父や母に申し訳ないほど別荘におりましたから。出会えて光栄ですわ」

「ぼ、僕もですっ」

王太子の婚約者候補として名前が知られてしまっているようだ。髪が青くなる体質のことも、相手達はすでに知っていた。

けれど気を付けていることも好感を抱く、と言われてどの令息も歓迎の姿勢だった。

（努力をそうやって認められるのは――嬉しいわ）

レティシアも前向きな気持ちになって、できるだけ多くの人達と挨拶だけでも交わそうと積極的に動いた。

けれど、不意に耳に入ってきた言葉にハッと身が凍り付いた。

「いい気なものだな。ラクール伯爵が、兄を使ってうまく候補にねじ込んだのだろうよ」

それは内輪話にしては、周りにも聞こえるくらい大きな声だった。

レティシアだけでなく向かいにいた令息も、そして周りの若い令息令嬢達も不快感を露(あら)

わにそちらに目を向けた。

　そこにいたのは数人の中年の貴族達だった。

「娘達を殿下に薦めたいと考えていたのに。ラクール伯爵家の娘は精霊の体質持ちだというから、魔法を使ったのだろう」

「引きこもりだというのは嘘ですわね。見ました？　先程は宰相閣下の子息にまでうまいこと近付いて――まったく世渡りがお上手なこと」

「精霊の体質持ちなど誰が娶りたがるものか、問題ばかり起こすではないか」

　それを聞いて、レティシアは胸が重くなった。

（そうだったわ。私は、堂々とこんなところにいられる立場ではなかった……）

　王太子が、魔法にかかって仮婚約してしまったのは事実だ。それが今に暴かれ非難されるのではないかと思って、震えた。

　その時、一人の令嬢が味方するように寄り添い、扇を口元に添えてこう言った。

「子供と同年齢の女性に向かって、わざと聞こえるようにそんな品もない言葉を口にするだなんて、立派な大人の方々とは思えないものではなくって？」

　見ていた大人達が「確かに」と、わざと聞こえるように囁き合う。

　自分達に肯定的な者が近くにいないと分かったのか、三人の男性と女性が、そそくさと人混みに紛れていった。

「気にしないでいいわ、妬みよ。精霊の体質は、大昔に共存していたと言われている精霊がいた〝奇跡〟の証拠なのです。それを悪く言うのは礼儀がありませんわ」

「レティシア様も気にされてはだめよ。もっと出ていらして欲しいわ」

「あ、ありがとうございます。私……そろそろ失礼いたしますわね、久しぶりで体力が。またお話できると嬉しいです」

　ここにいられる身ではない。

　レティシアはそう思い、彼女達の目を見つめていられなくて早口に礼まで告げ、ドレスを翻した。

　すると彼女達の方から、驚きの呟きが上がった。

　それを聞いた直後には――レティシアは、男の腕に攫われていた。

「レティシア」

　人混みをかき分けた誰かに、横から抱き締められたのだ。

　耳元で呼ばれた名前に腰が砕けそうになった。すぐに誰か気付いてハッと見てみると、そこにはウィリアムがいた。

「精霊の体質持ちであったとしても、私は君がいい。青い髪になるところも、すべて愛している」

　目が合った瞬間、レティシアは自分を覗き込む彼のエメラルドの瞳に吸い込まれるような錯覚を受けた。

　愛、と聞いて心臓がばっくんとはねた。

　そもそも、どうして彼がここにいるのだろうか？

「ウィ、ウィリアム様、どうしてこちらに？」

「君が久しぶりに社交の場に出るとアルフォンスから聞いた。時間があったので私が迎えに来たのだが──邪魔をしたかな？」

　彼の口調はあくまで優しかったが、後ろめたさがあってレティシアは縮こまった。

「私がいるのに、他の誰かを見繕いにでも？」

「ま、まさかっ。違いますわっ」

　咄嗟に否定したレティシアは、自分の浅ましさに悲しくなった。

（嫌だわ、私……彼に嫌われたくないと思うなんて）

　さっと視線をそらしたら、ウィリアムが指でレティシアの顔を上げさせた。

　普段より強引で驚いた直後、彼の目が怖いことに気付いて息を呑む。

「こちらに来る際に、仮婚約用の指輪を急ぎ用意しろと命令した」

「え⁉」

「君は、私のものだと周りにも示すためにも」

　ウィリアムが唇を寄せてきたので、レティシアは人前であることを考えてできるかぎり視線ごと顔をそむけた。

顎に添えていた彼の指が、わざと撫でてきてぴくんっと身体がはねる。これまで何度か濃く触れられて感度も高くなっていた。

（こんなところで、変な声を出してはだめ）

こらえていると、そのまま頬にキスをされた。

「……んっ」

離れる際、ウィリアムが舌先で舐めてきた。

それだけで身体の奥が熱く震えた。彼に覚えさせられたあの日の快感を思い出したかのように、レティシアの下腹部が甘く疼く。

（やだ、私……）

レティシアは真っ赤になって声が出なくなった。

みんなが固唾を呑んで大注目している。すると抱き締めたまま、ウィリアムが優美に彼らを見回した。

「彼女を家に送る約束をしている。これで我々は失礼する、皆様は引き続き会をお楽しみください」

仮婚約者を迎えに来たのかと納得と安堵の空気が周りに広がった。

人々が動き始める。注目が離れてほっとしたレティシアは、その拍子にウィリアムに首を舐められた。

「ひゃっ」

「レティシア、私が抱き締めていることを忘れてもらっては困る」

「わ、忘れてなどいません」

見つめ返したレティシアは、情熱が宿ったような彼の美しく強い目に一瞬で捉われた。

「もし君が私から逃げるというのなら――たぶん私は、どんな方法を使ってでも逃がさないように手配を整えて、君を閉じ込めてしまうだろう」

その情熱的な表現も彼が魔法にかかっているせいだ。

それなのに――レティシアは、心が熱く震えるのを感じた。

（ああ、だめ。これ以上喜ばせないで）

どうか逃がさないで欲しい、と聞いた一瞬願ってしまった。

彼が手配したという仮婚約用の指輪。偽りの一時的な関係であるのに、彼とお揃いの指輪ができることが嬉しいと思ってしまった。

「家まで送ろう。外で待っている君の家の馬車には、私の護衛から屋敷で合流しようと話を聞かされ終わった頃だろう」

「あっ」

レティシアは、ウィリアムに横抱きにされてしまった。驚いている間にも彼は会場をあとにするため歩き出し、どこからともなく護衛騎士達が現れて同行した。

「屋敷に着くまでのしばらくの間、馬車の中で君と二人きりの時間を楽しみたい」

ウィリアムが囁いた。

ただ、一緒に乗車するだけでは終わらない予感がした。

どきどきしたレティシアの心音が伝わったみたいに、彼が抱き上げる腕にぎゅっと力を入れた。

彼に抱き上げられたまま建物を出た。正面には護衛騎士達が乗った軍馬と、そして白亜の美しい馬車があった。

ウィリアムは乗り込むと、レティシアを膝の上に乗せて座った。

「そ、そんなっ、悪いですわ」

「いいから、そこに座っていて」

護衛騎士が外から扉を閉める。ウィリアムが壁を叩いて御者に合図を出すと、間もなく馬車は走り出した。

二人きりの状態が彼女の心臓を煩くさせていた。

何も言えないでいると、護衛騎士達が馬で並走して共に走り出すのを車窓から見届け、ウィリアムがそこのカーテンを閉めた。

「レティシア」

頭を撫でられ、レティシアはびくっとした。

「このように私を心配させることは、もう二度としないね？」

「は、はい。単身で来ることはもうしませんわ……」

魔法にかかっている状態なので、レティシアはひとまずそう答えた。

「なら、おいで。愛しい君の口を味わわせて欲しい」

ウィリアムがレティシアを持ち上げ、彼の上にまたぐように座り直させた。

「えっ？　ウィリアム様――ン」

顎を優しくつままれて唇同士を重ね合わされた。

仕草も言葉もどこまでも優しかったが、彼の口付けは早急で激しかった。

「もっとだ。もっと、絡めて」

「んんぅっ」

舌の根を強く吸い上げられ、ぞくぞくっと腰まで甘く痺れた。

（ああ、好きな人が求めてくれている……）

レティシアは、気付くと彼の胸に手を添えて必死にキスに応えようとしていた。自分からも積極的に舌を絡めに行く。

ウィリアムのキスは激しかった。あっという間に息が上がってしまう。

すると彼は、一層淫らにキスを求めてきた。同時にレティシアのくびれた腰から尻までまさぐる。

「ふぁっ、あ……っ、ン、んんっ」

尻を掴まれ、開いた太腿の中心を彼の方に上下にこすりつけられた。

（だめ、そこを刺激されたら、ひくひくして……）

馬車はゆっくりと走り続けている。舌を絡め合うキスと共に腰を揺らされて、王都の町中を走っている感覚なんてレティシアは感じている暇がない。

はっ、と色っぽい吐息をもらして彼が一度口を離す。

「腰を上げてくれ」

どうして腰を上げるのだろう。

そう思いながら、レティシアはとろんっとした目で従った。

するとウィリアムが、ドレスのスカートに覆われている自分のズボンで素早く手を動かし、それからレティシアの腰を掴んで再び下ろさせた。

「あっ――ン」

くちゅん、と何かに押されて濡れた下着が音を立てる。

レティシアのそこは、キスですでにとろとろと甘露をこぼしていた。口付けを交わしている間に、溢れてしまっていたのだ。

そして、その下着越しに、大きくなった彼自身の欲望を添えられている。

そう察した瞬間にレティシアは赤面した。

すでに濡れていることをウィリアムに察せられていたのも恥ずかしいが、そこは馬車が揺れるとこすれ合って蜜口がひくんっと収縮した。

「もう濡れてるな。キスをしている時、私のもので刺激して欲しいと思った？」

「そ、そんなことは……っ」

否定したかったのに、彼に腰を揺らされてそこがきゅんきゅんと疼いた。好きな人とそこでもキスをしているかのような恍惚感に襲われた。

「私も同じだよ。振動で君を感じただけで、熱いくらい脈打った」

「ウィリアム様も……？」

「そうだ。ここも、キスをするように君と感じ合っていたい」

ウィリアムがレティシアの腰を前後に軽く揺らした。こすれ合う熱に、奥が先日の果てを思い出してきゅんっと疼く。

「あ、あ、ウィリアム様っ」

彼も、キスみたいだと思ってくれていた。その喜びでまた理性が後退していく。

ウィリアムはレティシアの反応を見るなり、容赦なくこすりつけてきた。甘い快感が身体の芯から背を駆け上がり、レティシアは腰を押し付けて背をそらし甘い吐息をもらした。

「ああ、いいよレティシア。覚えた快感を気に入ってくれて、嬉しい」

うっとりとした息をもらして、ウィリアムが二人のそこをこすり合う。

レティシアはカーテンを閉め切った馬車の中で、彼とこんないやらしいことをしている行為に羞恥した。

けれど、一度火が付いてしまえば――好きな人の、気持ちよくなっている声を聞いてしまったら後ろめたさも恍惚感の向こうに消える。

「一緒にイこう」

「あっ、んぅ」

ウィリアムに再び唇を奪われた。

声が抑えられなくなることを見越してのキスは、くらくらするほど気持ちよかった。

「んんっ、ふぁっ、は、ん、ン」

レティシアは下腹部の奥の収縮が短くなり、たまらず彼を抱き締め、じんじんと熱が集まっていく中心部を彼に押しつけた。

「いいよ、私も抱き締めてあげよう――」

ウィリアムが片腕で深くかき抱き、大きな手で尻を抱えて揺する。

それと同時に腰を動かされ、座席が車輪の振動とは違う揺れを起こした。

抱き締めてくれている彼の腕の優しさも、声が出ないよう口を塞いでキスをしてくれている配慮も、レティシアの心を甘く蕩かせた。

（あっあっ、気持ちいい……イク……もう、だめ……っ）

下腹部の奥から、例の気持ちよさがぐうっと上がってくる。

外にいる護衛騎士達に気付かれる可能性も、下着がぐしゃぐしゃに濡れてしまったあとのことも今は考えられない。

ウィリアムが尻を強く抱え込み、じゅくじゅくと音を立てて自身にこすりつけた。

「んんっ、んんんぅーっ」

レティシアは、びくんっびくんっと腰と太腿をはねさせた。

彼が低く呻いて、動きを止めてぶるっと腰を震わせた。

スカートが覆いかぶさった二人の間で、白濁が勢いよく放たれた。

しばらく、達した余韻で動けずゆるやかな車輪の音を聞いていた。やがてウィリアムが満足そうな息をもらして、レティシアの頰を撫でた。

「とてもよかった」

レティシアは、大きな手が心地よく頰をすり寄せてしまった。彼が熱のこもった目を細めて、顔を寄せる。

「――レティシア」

その甘い声に誘われるように彼女も唇を合わせ、しばし甘美なキスに耽った。

五章

屋敷に送られたあと、私室に戻ってからレティシアは甘い吐息が止まらなかった。

(はぁ、ウィリアム様……)

慕う気持ちばかりが膨らんでいる。あの馬車の中で、彼は身を綺麗にしてくれたのち少し休むといいと言って、膝に乗せたレティシアの頭をずっと撫でてくれていた。

心地よくて、少し眠っている間に馬車は屋敷に到着してしまっていた。

彼は下車を手伝い、わざわざ玄関までエスコートした。

『あなた方の娘を、こうして直に送ることができて光栄だ』

彼は、社交から先に帰ってガーベラ達と待っていた両親へそんなことまで言った。

(ああっ、かっこよすぎて困るわっ)

彼から気持ちを離そうと思って行動したというのに、結果として彼への夢中度を上げてしまってどうするのだ。

でも、今日の若い貴族達の交流会はレティシアにとっていい勉強になった。

（精霊の体質を悪く言う人もいる。――でも、全員ではなかった）

それが、彼女の肩を少し軽くしてくれた。

味方をしてくれる人だっている。それを実感できた日だった。そして、同じ立場の『精霊の体質の会』の同世代の令嬢令息の前向きな笑顔と姿勢が、臆病だったレティシアに勇気をくれた。

『精霊の体質持ちであったとしても、私は君がいい。青い髪になるところも、すべて愛している』

不意に、またしてもウィリアムを思い出した。

彼が告げてくれた言葉に頬が熱くなり、両手で覆う。

（はぁっ――なんてかっこいいことを、さらりと言える人なの）

今や、レティシアの胸はときめきでいっぱいだった。彼は確かに王子様だ。欲しいと思った時に、欲しい言葉をくれるなんて、ずるい。

もっと好きになってしまって困った。

こんな風に、他の誰かに憧れを抱ける日は果たしてくるのだろうか？

（ううん、私がもっと頑張らないといけないの）

叶わない恋だ。

レティシアはあえて自分に厳しく、そう気を引き締めた。

そして日が暮れた頃、いつもより遅い時間に兄のアルフォンスが帰宅した。先に湯浴みを済ませ、最後に食卓へやってくるとレティシアを見てニヤニヤとする。

「おや、珍しいふくれっ面だ。殿下の迎えがそんなに嬉しかったのかな？」

「お兄様」

隣の椅子に座った兄を、レティシアは軽く睨む。

彼が残業になったのは、王太子が一時的に執務から抜けた穴埋めのためだとは、帰宅した際に両親と一緒に聞かされた。

「お兄様が面白がって告げ口のように話したのでしょう？　そのせいで、ウィリアム様がわざわざ来てしまったのよ」

「ふふっ、『ウィリアム様』、か」

アルフォンスの忍び笑いの意味に気付いて、レティシアは頬を染めた。微笑ましく見つめてくる両親の視線にも恥ずかしくなった。

王太子の名前を、自然と口にしてしまった。

始めの頃は、ウィリアムに望まれたからどうにか口にしていたことだ。でも今は、恋焦がれてその名を口に出してしまっている。

「まぁ腹心の部下としては、告げ口を、ね」

「はい？」

「ううん、聞こえなかったのならいいや」

顔を上げたら、アルフォンスがにっこりと笑いかけてきた。

家族が揃ったところで、執事が手を叩き、使用人達が動き出して夕食が始まった。

「ねぇあなた、殿下がこの子を送ってくださったのよ？　もしかしたら、アルフォンスの言うことを信じてもいいかもしれないですわね」

「だから言ったではないですか」

母に含みある視線を隣から向けられた父は、手を止めて鈍い反応で考える。

「うーむ……そう、なのだろうか？」

「父上、前にも話した通りですよ。とにかく静観です。いや、見守りというのかな？　俺はあの人をよく知っていますからね」

アルフォンスが肉料理にナイフを入れつつ、そんなことを言った。

「だがなぁアルフォンス、私は正直言うと、レティシアともっと暮らしていたい――」

「あ・な・た？」

母ににーっこりと微笑みかけられた父が、途端に「うぐぅ」と言って小さくなる。

レティシアは、食べながらぼうっと左手の指輪を見ていた。

そこにあるのは兄の帰宅直前、急ぎで届けられた、仮婚約の指輪だった。

（本当に急ぎで作らせたみたい……まさか今日中に届くとは思っていなかったわ）

その銀の指輪には小さなダイヤが一つはめられ、王太子ウィリアム・フォン・ロベリオの紋が刻まれている。

『急ぎで作らせたので、間に合わせのようになってしまい申し訳ない。これは仮婚約の証として。婚約した際には、特別な婚約指輪を贈ろう』

届けに来た王宮の使者が、そう書かれたウィリアムからの手紙を預かっていた。

本来なら、仮婚約では用意されるはずがなかった指輪だ。

レティシアは彼の手紙に胸がときめき、そして、魔法によってそう彼が書いたのだという現実に改めて打ちのめされた。

(魔法が解けた瞬間を考えると、とても怖いわ)

その時には、ウィリアムは、どうしてそんな行動をしたのかと苦悶するだろう。そしてレティシアを責めるはずだ。

何かあれば知らせを送ると、マーヴィー氏には言われていた。

通常よりも魔法が弱まるのが早いようだと聞いたことを思い返し、明日にでも魔法が解けるのではないかと想像して心臓が縮こまった。

次に顔を合わせた時、もし彼に急に辛辣な態度で非難されたら——今の彼女は、ショックで倒れてしまうだろう。

(だからその前に……早く、あのお方を諦めないと)

そう思って今日行動を起こしたものの、ウィリアムが迎えに来てしまった。

（私がお兄様に怒ったのはお門違いね……。私のせいで王宮の人達も困らせてしまった……）

今日みたいに、ウィリアム様に黙って社交することはできないだろう。

魔法にかかっている状態では、同じことが起こる可能性がとても高かった。

（また王宮を出てしまったら大変だし……どうすれば……）

その時、家族と話していたアルフォンスが声をかけてきた。

「レティシアはこれから、少しずつ社交に参加していくんだったね？」

「え、ええ、そのつもりでいます」

「今週、王宮で行われる夜会にも出席するのかい？」

「えっ？　夜会があるのですか？」

「あれ？　とっくに知らされているとばかり思っていたけど……なんだ、俺の懸念か。早とちりしたな」

アルフォンスがしまったなと呟いて、渋々と言った様子で父を見た。

「父上、招待状が届いていたでしょう。てっきり、俺はもうレティシアに勧めているとばかり思っていましたよ」

「あなた、そんなものを隠していらしたの？」

母が目を吊り上げて問い詰めた。

「王宮主催なら、殿下も参加されるかもしれないものではございませんか」

「うっ、その、こんなことが起こっている最中だからレティシアのことを考えると、参加を辞退した方が良いのかな～と……殿下からの一筆があったわけではないし王室からも出席せよという要望は――」

「あなた、こんなことになっているからこそ、わたくし達も出席するのが礼儀ではなくて？」

「そ、それは」

レティシアは名案だと思って食卓に身を乗り出した。

「お父様っ、私、行きます！」

珍しく大きな声を上げた彼女に、父が「ごほっ」と食べ物を少し噴いた。執事が素早く口を拭う。

「レ、レティシア、本気かい？　王宮の夜会は、かなり人も多いが大丈夫なのか」

「私は、お父様のためにも社交を頑張っていきたいのです。今日できた友人にも、また会えるかもしれませんし」

父が感動して涙ぐむ。アルフォンスが苦笑して「俺も出席しますから」と言い、母が執事を呼んで招待状を持ってくるよう指示した。

（王宮で開催されるものであれば、ウィリアム様を今回のように外へ飛び出させてしまうこともないわ）

主催側なので、彼は挨拶や社交で忙しいはず――だ。

レティシアは、引き続き仮婚約が破棄されたあとのことを考えて、婚姻活動を密かに行っていくことができる。

その時、執事が戻った。

「奥様、これが旦那様が隠しておられた招待状です」

受け取った母が、素早く招待状に目を通す。

「まぁっ。急いで準備しなければならないわね。レティシアのドレスも選ばないと――あなたも、責任を持って仕立て屋を呼んでくださいませ」

低いぎすぎすとした声を投げられ、ステーキを口に入れた父の肩がはねる。

「殿下も出席を嫌がるかなと思ったのだよ。その、他の男には見せたくないと……」

「あなたじゃあるまいし」

父が、今度はフォークをガチンッと嚙んでいた。

「どうかなー、みんなが思っている以上に殿下は余裕を持っていないと俺は思っていたりするんだけど――て、誰も聞いてないか」

アルフォンスは首を軽く横に振って、食事に専念する。

（大丈夫。きっとうまく行くわ、縁談探しも……引き続きうまく進んでいく）

それを可能にするためにも、ウィリアムと出席するような大きなパーティーにも慣れていかなくてはとレティシアは勇気を奮い立たせた。

食後、彼女は自分のメイドであるガーベラを私室に呼んだ。

そして家族の夜会に便乗した、とある計画を打ち明けた。

その翌日もレティシアはいつも通り王宮へと向かった。

「私とお揃いの指輪がとても似合う。つけてくれて嬉しいよ」

ウィリアムは執務室から出て来て迎えるなり、指輪をした彼女の手を持ち上げて、美しい所作でキスをした。

「これは、私との婚約に前向きになってくれたと受け取っても？」

「え、ええ」

レティシアは、ぎこちなく応える。

彼は魔法にかかっている状態なので、魔法云々の説明をしても理解してくれない。以前兄にも『それとなく対応してやって』とは言われていた。

（でも彼に嘘を吐いていることが、苦しいわ……）

唇を離したウィリアムは、近くからじっくりと指輪を見てきた。

その想いが偽物だと分かっているのに、レティシアは頰が熱くなる。こんな風に想われたのなら――と妄想して胸のときめきが止められない。

恥ずかしくて手を引っ込めてしまいたい気持ちはあったが、彼には満足してもらって早く仕事に戻ってもらわないといけないので、我慢した。

「ここに、私との結婚指輪がはまったらきっととても美しいだろう」

指先を撫でられて、ぴくんっと肩がはねる。

執務室の中から、こちらを必死に見ないようにしている者達の存在にレティシアは真っ赤になって『ごめんなさい』と思った。

今のウィリアムは、熱い恋をしている一人の王子様だ。

見ている者達も甘さに悶絶（もんぜつ）しているとはいえ、それを直にウィリアムから向けられているレティシアだってそれ以上に恥ずかしいのだ。

（彼がこんなことをするのも、魔法が完全に消えてしまうまでの間だけ……）

レティシアは、冷酷な王太子とは思えないその人の左手の薬指を見た。ウィリアムのそこにも、同じ銀の指輪がされていた。

仮婚約用の指輪だ。

両陛下も、至急作るよう指示されたと報告を受けた時は困ったことだろう。王宮を飛び出させ、その日のうちに仮婚約の指輪まで作らせてしまった。

（今日から夜会まで……大人しくしていましょう）

レティシアは迷惑をかけないため、ウィリアムを刺激しないようそれまでの日々を過ごすと改めて心に決めた。

その日から、執務室に顔を出してはすぐウィリアムの前からは退出するという毎日が再開した。

専門家達の方で、この治療方法が始まってからのウィリアムの様子を注意深く見てもらっていた。

彼らは、魔法がいいペースで弱まっていると興奮気味に共有した。

レティシアは、そこには首を傾げるばかりだ。

（弱まっている感じはないのだけれど……）

仮婚約の指輪を贈られて数日、ウィリアムは扉の前で引き続き熱い視線を送った。

そして週の半ば、とうとう我慢できなくなったみたいに、彼の執務室の続き部屋で共に紅茶を飲むことを求められてしまった。

誘われた際には戸惑ったが、毎日顔を出すだけで時間を持てていないから一緒に休憩くらいはしようと言われてしまったら、言い訳ができない。

アルフォンスだけでなく、他の事務官達にも「残りの仕事に集中していただくためにも、どうか頼みます」とお願いされてしまった。

というわけで、続き部屋で一緒に一時休憩を取ることになった。

扉越しに執務室からの物音は聞こえるとはいえ、使用人が出ていくと室内は二人きりになる。

彼と二人になるのは馬車以来で、レティシアは緊張した。

「そんなに離れて座られたら、君が足りない」

「あっ」

レティシアの腰に回った彼の腕が、ぴったり隣へと引き寄せた。

「さあ、これでいい」

（……よ、よくないわっ）

身体の左側から、ウィリアムの体温が伝わってきた。彼がまとう上品で香しい男性的なコロンにも、レティシアは頬が熱くなる。

「あ、あの、ウィリアム様、紅茶が飲みづらくはありませんでしょうか……？」

「こちらの腕をこうして――ああ、いいね。左手で飲めば問題ない」

彼は肩を抱き寄せると、自分の胸板にレティシアの横をくっつけるようにして、彼女は余計に心臓がばくばくした。

（わ、私の方が緊張して飲めないわ……！）

こんな密着したお茶なんてあるのだろうか。

世間一般の婚約者達の様子が分からないので、悠々と紅茶を飲んでいる彼にレティシアも慌ててティーカップを取って口を付ける。

やはり、当初より彼の魔法が弱まっているなんて思えない。

（仮婚約したばかりだった頃は、せいぜい手を取ってエスコートするくらいで――）

「ところでレティシア」

「は、はいっ」

急に名前を呼ばれて焦ってティーカップを置いた。

まだ半分以上も中身が入っていたせいで、液体の揺れに合わせてカップがぐらつき、紅茶がこぼれそうになった。

レティシアの背が冷えた。だが、いつの間にか自分のティーカップを置いていた彼が「おっと」と言って手を添えた。

片手で上から押さえたため、その拍子に彼の手に紅茶が少しかかってしまった。

「も、申し訳ございませんっ。ああ、大変だわ、火傷などはされませんでしたでしょうかっ？」

レティシアは慌てて布巾(ふきん)を取った。彼の手を拭おうとしたが、ウィリアムがそっと布巾を取り上げてしまう。

「気にするな。私が声をかけるタイミングが悪かった、すまなかった。熱湯ではなかったし、私の肌は君が考えているより強い」

そう言いながら自分で拭い出した彼に、レティシアは申し訳なさでいっぱいになる。

「あ、わ、私がいたします」

「君にさせるのは悪い」

「ですが私のせいで。それに、ウィリアム様にさせるなんて」

「いいのだ──私は顔が怖いので、君にはできるかぎり優しくありたい」

聞き間違いだろうか。

レティシアは「えっ？」と声を上げ、彼を見た。ウィリアムは拭う自分の手を見つめていて、その横顔はとても落ち着いていた。

「私は、よく怖い王太子だと言われる。この国を背負う者として、自身と同様に他者にも厳しいのは自覚がある。ずっと仕事ばかりを優先していたので気遣いも初めてだ、君を怖がらせたくないと気を付けているつもりだが、あんなに慌てさせてしまうとは……」

手を拭いながら彼が独り言みたいに呟く。

「……ウィ、ウィリアム様、もしかして魔法が──」

レティシアは不意に緊張を覚えた。だが指の間も丁寧に拭う彼の口元は、そそっかしさを叱るどころか穏やかに緩んだ。

「何より、君に紅茶がかからなくて良かったと心から思っている。私の、人を怖がらせる不器用な手でも、君の役に立てて良かった」

自然と口にしたのだと分かる彼の言葉を聞いて、レティシアは胸が熱くなった。

（ああ、この人は——なんて優しいの）

まだ魔法の影響は強いらしい。けれど、ほんのわずかの間、レティシアは彼の本心を聞けた気がした。

（彼は国を、民を想い仕事熱心だったのだわ。だからお兄様は彼を『優しい人だ』と——）

「ところでレティシア」

ウィリアムが布巾を置いた。

彼はいつものように微笑みかけてきたが、雰囲気が引き締まった気がしてレティシアはハタと我に返る。

「はい、なんでしょう?」

「私のところから早く帰るようになってから、王宮の護衛騎士達とも仲良くなったようだな。それから、出入りしている者達ともよく話すとか」

なぜ、それをウィリアムが知っているのだろう。

彼の前から早く辞したあと、しばらく王宮内にいることを悟られて、指摘されているのだと察して緊張する。

「私が付けた護衛から報告は聞いている」

いつも付いているあの護衛騎士、ロジェだ。彼は王太子自身が付けていたことにもレティシアは驚いた。

「レティシアは、私よりも彼らと話す方が楽しいか？」

ウィリアムに頬を撫でられ、問いかけられた言葉にどきりとした。

彼を避けていると勘ぐられていたりするのだろうか。

（でも、今回の治療方法については彼には秘密のはずだから、さすがに報告はしていないはず……）

彼の前から去ったあと、王宮内をしばらく歩いていることについて、なんと言い訳すればいいのか必死に考える。

「――レティシア」

いつの間にか下げてしまっていた視線を、撫でるように両手で頬を包み込まれて彼の手によって上げさせられた。

緊張しつつ目を合わせると、すぐそこにあったウィリアムの顔には、疑いも怒りも見えなかった。

「君は、私だけを見ていてくれ」

覗き込む彼のエメラルドの瞳は、本心からそう望んでいると言わんばかりに、ただただ真っすぐレティシアを見つめていた。

(――はい、と答えてしまいたい)

今にも彼のエメラルドの目の美しさに呑み込まれそうだと思いながら、レティシアはゆっくり近付いてくる彼の目を見つめていた。

彼の言葉が、彼女の恋心に喜びを与えてくれる。

けれどそれは、魔法によって作られた偽りのものなのだ。

(だから、揺らいではいけない)

そう思うのに、美しい声をこぼす彼の唇に、レティシアは抗いようもなく、どんどん吸い寄せられていくのを感じた。

「君が望んでいるとアルフォンスが言っていたから執務にも励んでいるが、あまり他の者へ目を向けられると――」

二人の唇がしっとりと重なり、彼の言葉も途切れた。

唇を優しくついばまれた。やがて舌を差し入れ、彼が甘く絡め取ってくすぐってくると思考も蕩けた。

「……ン……ふぁ、あ……っ」

扉の外からは、引き続き執務室で仕事中の者達の物音や、兄の指示する声が小さく聞こえていた。

それを耳にしながら、レティシアはウィリアムと舌を絡め合った。

(――こんなこと、してはいけないのに)

頭では分かっているのに、抗うことができなかった。ティーカップ一杯分の時間、密かに甘いキスをして過ごす。

彼のキスを受けている間は幸せで、本当に愛されているのだと思い込みたくなってレティシアは胸が痛いくらい締め付けられた。

その翌日も、重い腰を上げて王宮へ足を運ぶ。

レティシアは、また引き留められないだろうかとはらはらしたが、昨日で少し満たされたようで、ウィリアムは頬にキスをして執務に戻っていった。

もちろん別れると、レティシアのそばにはいつものようにロジェが付いた。

彼はウィリアムに命じられて付いた護衛だった。

気になってロジェに確認してみたら、治療方針に関しては秘密にしてあると返答があった。

王太子の仮婚約者だから、ウィリアムは護衛を付けたのだろう。

(私があまり一緒にいないようにしていることを察知されていたのかどうか……曖昧になってしまったわね)

昨日、彼がどこか少し冷静でなくなったような感じがあったのは、魔法にかかっている状態だから『もっと共に過ごしたい』と過剰反応したのだろうか。

とすると、やはりそこも魔法にかかった当初からまだ変化がないようだ。

一緒にいたがり、そしてキスだってしてくる――。

(魔法は弱まっていると言っていたけれど、専門家が分かる微々たるもので、まだまだなのかも……)

レティシアはそう思ったのだが、翌日に思ってもいなかった朗報を聞くことになった。

「かなりよくなっているようですね！　改善具合が増していて驚きました」

「えっ……？」

「レティシア嬢が頑張って、できるだけ長く同じ敷地内にいようと努めてくださったからでしょうね」

執務室前の騎士達だけでなく、廊下で居合わせた補佐官達も『専門家達から魔法がだいぶ弱くなったと吉報を聞いた』と告げてきた。

　その件で吉報があり、マーヴィー氏が待ってくれているという。

　レティシアはウィリアムのもとへ顔を出したのち、急ぎ彼のもとを訪ねた。

「レティシア嬢の頑張りのおかげですよ。外に出ることを怖いとおっしゃっていましたが、よくぞ毎日頑張られました」

　王宮で観察と分析を続けている専門家チームからの結果によると、この速度で魔法が弱まれば、近いうちには聖水が効くかもしれないと彼は告げた。

　レティシアは、魔法が弱くなってくれているという実感はなかったものだから予期してもいなかった『吉報』だった。

　呆(ほう)けてしまっていたものの、じわじわと理解が追い付いて胸が苦しくなった。

「ありがとうございます……それでは、来週にでも聖水が使えるようになる可能性が？」

「はい、あると思いますよ。良かったですね」

　マーヴィー氏が、珍しくにこっと笑顔まで浮かべてみせる。

（『良かった』……そう、よかったの）

　聖水は、微弱な魔法であれば、どの精霊の子孫が起こした魔法にも効く万能の解除薬だ。

　それを使えば、ウィリアムは夢から覚めたようにもとに戻ってくれる。

　――それで、何もかも終わり。

レティシアは、心にぽっかり穴が開いたような心境になった。

ウィリアムとの日々が、終わる。彼の顔を見られなくなることが、もうその声を聞けなくなってしまうことが、寂しい。

(でも……魔法での関係は、虚しいばかり……)

レティシアは別れの覚悟を固めた。

魔法のことを詫び、彼の人生から退場することを証明するように、彼女は別の誰かと結婚するのだ。

「――聖水が使えるとなった時には、すぐにでも連絡をしてくれますか?」

確認すると、マーヴィー氏は「もちろんです」と約束してくれた。

そして、王宮で開催される夜会の当日を迎えた。

夕暮れ前、家族が別室で支度をする中、レティシアも自分のメイド達に二階の自室で身支度の世話をされた。

「お嬢様のおっしゃった作戦ですが……以前お会いした人を探して、また接触をはかる、というものですよね?」

他のメイド達が片付けで出たのち、ハニーブラウンの髪に合う花飾りを付けながらガーベラが鏡越しにうかがう。

「相手がどんな人なのか、会う数を重ねることで見えてくるし、婚約の相手を絞るのにもいいとお母様も言っていたことよ」

「確かに相性はありますし、その方が仲も深まりますが……」

うーんと唸ってしまったガーベラを、レティシアは白い花を模した髪飾りを揺らして振り返る。

「賛成ではないの？」

「なんと言いますか、この前送り届けてくださった殿下からは、愛を感じたような……？」

ガーベラが気になったように反応をうかがう。

「ふふっ、そんなことはないわよ」

レティシアはくすくすと笑ったものの、その表情もすぐに曇った。

「あのお方は……ただ、魔法にかかっているだけなの」

愛が得られれば、どんなに良かったか。

レティシアは、改めてドレスアップされた自分を見て悲しくなった。

（心を操り、自分に夢中にさせる魔法……あの令嬢達も言っていた通り、嫌で、卑怯な魔法だわ）

今夜のドレスは、夜会に出席すると知って喜んでくれたウィリアムの瞳の色に合わせて、急きょエメラルド色になっていた。

外側を覆う生地には、母が仕立て屋に相談して、彼の髪を連想させる金の刺繍を美しく施されて仕上げられた。間に合ったのは、父が頑張ったおかげだ。

魔法だけの関係なのに、レティシア自身、彼の色をまとえる今日を楽しみにしてしまっていた。そんな自分にも泣きたくなる。

昨日ウィリアムは、夜会で待っているので一番に会いにくると言ってくれた。

レティシアは王宮の夜会に出席する彼の姿を、今日見られることに数日前からずっと胸を躍らせてしまっていた。

(偽りの関係なのに、仮婚約の指輪にも、胸がどきどきしているの)

レティシアは鏡に映った自分の左手を引き寄せた。その指輪を見るたび、嬉しいと言って口付けてくれたウィリアムを思い出す。

思い出させるためにキスをした、なんて自惚れたロマンチックな妄想だろう。

そんな妄想をしてしまうくらいに、レティシアは今や強くウィリアムを愛してしまっていた。

(彼がよく触れてくださるのも、魅了の魔法の作用なのに……)

触れて欲しい、そしてこの身を愛して欲しい——身体の奥から甘く疼いていけないことを訴えてくる心に、レティシアは胸がひどく締め付けられた。

たとえ彼に、好きだ、愛していると言われても応えてはいけない。

それは精霊の魔法によるもので、彼の心ではないのだ。

(聖水が使えるようになるのは来週？　それとも週明け、すぐにでも……？)

毎日彼の優しさを、温もりを、どこかに感じさせられているせいか、レティシアはそれが急になくなってしまうことが、恐い。

早く、彼への気持ちを少しでも過去のものにしないと――。

知らず自分を両手でかき抱いていた時、

「失礼いたします」

そう言って、ガーベラが不意にレティシアをぎゅっと抱き締めた。

「ガーベラ……？」

「私の立場から、色々と申し上げてすみませんでした。きっと大丈夫ですよ。アルフォンス様が一番、レティシア様をよく見て分かってくださっているので良い方向に行くと信じています。だからお嬢様は、笑っていてください」

成人する前の頃のように、肩の後ろをぽんぽんとなだめるように叩かれる。

「大丈夫です。このガーベラは、何があろうとお嬢様の味方です。今回の件も、心から応援していますから」

事情も尋ねないまま信頼を預けてくれているガーベラを見て、レティシアは涙が出そうになった。彼女は昔からそうやって、姉のように励ましてもくれた。

「ありがとう」

（すべて終わったあと、もしどうにもならないくらいつらかった時には、……ガーベラにすべて打ち明けて初恋を忘れる方法を教えてもらいましょう）

でも、今はまだその時ではない。

一人ではないのだと思えただけで勇気が持てて、レティシアはガーベラにドレスを持つのを手伝ってもらい、家族が待つ一階へと向かった。

王宮の夜会は、社交シーズンや建国記念日、国王夫妻の結婚記念日などに行われる大きなものだ。

今回は、秋入りの社交シーズンを祝って行われていた。

夜の王宮は眩しいくらい明るかった。開かれた窓からは会場の演奏曲や賑やかな声がもれ、庭園の花々もライトアップされている。

下車したレティシアは、その規模と人の多さに圧倒された。

こうして夜の王宮行事に訪れるのは、生まれて初めてのことだ。

「大丈夫だよ、挨拶は俺達と一緒だから」

「は、はい、お兄様」

「濡れなければ大丈夫なんだから、胸を張って。今日の君はとても綺麗なんだから、俯くのはもったいないよ。エスコートできて俺は光栄だ」

ガーベラやメイド達が、力を入れて着飾ってくれた。

父も母も、今夜のレティシアのために準備してくれたのだから不安を覚えてはいけない。

「分かりました。俯きません」

「ふふ、いいね、その調子だ。殿下も『ぜひ来てくれ』と言っていたことだしね？」

入場口へと進む両親に急かされて、少し速足で踏み出したところで兄にそう冷やかされてレティシアはつんのめりそうになった。

すかさずアルフォンスがエスコートした腕で支える。

「ふふっ……くくく、レティシアがそう誰かを意識しているのも、初めてだなぁ」

「お、お兄様っ。違います、その、失礼があったらいけないからであって……」

「失礼なことなんて起こらないさ。礼儀作法だってばっちりの、俺の自慢の妹だ」

「まぁ、お兄様ったら」

なんでそう恥ずかしくなるくらい褒めてくるのか。そう思ってレティシアが照れ隠しで軽く睨むと、彼はやっぱりまた笑った。

「今夜のドレスもウィリアム殿下にぴったりだよ。並んだら、誰もが『彼の仮婚約者』だと分かる。さすが母上、見立てがいい」

ドレスはウィリアムの瞳の色、刺繍は彼の髪の色だ。

レティシアは嬉しさと恥ずかしさを誤魔化すように、つんっと顔をそむけた。そんなことは彼女自身がよく分かっている。

「ふふっ、殿下と会えるのがそんなに楽しみだったのかな？」

彼女の少し赤くなった頬を見下ろして、アルフォンスがまた肩を揺らした。

こんなに面白がっている兄も珍しい。いつも社交ではあまり困らせてこないのに、今夜に限っては、お喋り（しゃべ）りでもある。

「お兄様、外でそんな風に笑うと、お母様にまた叱られますわよ」

レティシアは言われっぱなしも悔しくて、どうにかそう言い返した。

両親と合流して会場入りした。

そのまま、まずは王家の席へ挨拶に向かうことにしたのだが、受付を通ったところでロジェに呼び止められた。

母は何やら察したのか「あら」ともれた口元を扇でさっと隠した。向こうを見た父が、何か言おうとしたがその口を彼女が素早く手でぴたんっと塞いだ。

「ロジェ様？　いったいどうされましたの――えっ」

直後、レティシアは聞こえてきた美声に肩がはねた。

「レティシアっ」

向こうから、王家の席で挨拶を受けているはずのウィリアムが駆けてくる。

「ウィ、ウィリアム様、どうして」

「言っただろう、一番に会いに行く、待っている、と——迎えに行けない分、会場では一番に私が挨拶をしたかった」

ウィリアムは来るなりレティシアの手を取り、当たり前のように少し頭を屈（かが）めて、唇をそっと指輪に押し付けた。

（なんて絵になる人なのかしら……）

周りで注目していた貴族達も、揃ってうっとりと吐息をもらしていた。

その気持ちは今のレティシアにはよく分かった。令嬢達から憧れの眼差しを受けた彼女もまた、恋する乙女のように頬を染めた。

父が咳払いをする。アルフォンスの忍び笑いが聞こえてきて、レティシアはハッとして片手でドレスをつまみ挨拶をした。

「ウィリアム様に歓迎いただき光栄にございます。ありがとうございます……その、そろそろ手を離していただいても？」

「ああ、すまない。片手で挨拶をさせてしまったな」

どこかぼうっと見つめていたウィリアムが、ハタと手を下ろして、レティシアの家族を見た。

「ラクール伯爵も、家族全員で出席してくれたことを嬉しく思う」

「あっ、いいえ、こちらこそ会場入り一番にお目にかかれて至極光栄に存じます。娘がこのように夜の社交の席に出ると言ってくれたのも、殿下との交流が彼女にとっても良い影響になっているのだと、父としても感謝しております」

そんな風に思ってくれていた父に、レティシアは胸が熱くなった。これがほんとの嫁入りであったのなら……と同時に切なく締め付けられた。

母も謝辞を示し、アルフォンスも伯爵令息として挨拶をした。

あの冷酷な王太子とは思えないウィリアムの笑みを見つめ、周りの女性達が甘ったるい吐息をもらしていた。それは彼がレティシアへ再び微笑みかけた時に一番大きくなる。

「レティシア、こういう場は苦手だと聞いていた君が、こうして参加してくれた光景を見られたことも私は嬉しい。来てくれて、本当にありがとう」

彼の目は心からの嬉しさを浮かべていた。

それを正面から受けたレティシアは、ぽうっとしてしまった。どこからか「あの冷酷な王太子があんな幸せそうな笑顔を」と驚きの混じった黄色い声が聞こえてきて、慌てて自分も答える。

「そ、その……ウィリアム様が、『会いに来て』とおっしゃりましたから……夜会に出席されるのなら、ご挨拶をと思いまして」

「そうか、私に会いに来てくれたのか」

また、彼が優しそうに笑った。

レティシアは、嘘を吐いたことがつらくなった。あなたと別れるための準備で他の殿方達と知り合い話していくためです……なんて、魔法にかかっている今の彼に言えるはずもない。

するとウィリアムが手を伸ばし、シャラ、と髪飾りに触れた。

「よく似合っている。君が会場に入ってくるのを見た時、あまりにも似合っていたので精霊かと思ったほどだ」

自然と彼が口にした褒め言葉は、レティシアにはもったいなさすぎた。

「あ、ありがとう、ございます……」

きちんとお礼を言わなければと思ったのに、照れてしまった。

これが婚約を考えている者同士であれば、または婚約者同士だったのならその人のことを考えて身を飾れたのだろう。

そう考えて、また胸がちくりと痛んだ。

（嫌だわ、私、未練たらしい……）

つい下を向いた時、ウィリアムの手がぴたっと止まって、ゆっくりと離れた。

「——やはり髪飾りを贈っておけばよかったな」

ぽつりと、彼の方から声が聞こえた。

急なドレスの色の変更だったから、髪飾りは持ち合わせを使っていた。レティシアは心配になってぱっと顔を上げた。

「あっ、このドレスには少し明るすぎたお色だったでしょうか？」

「そういう意味ではなかったのだが」

ウィリアムが、レティシアの胸の前にこぼれている髪を意味深に梳いた。

「君が誰のものであるのか分かるように私の——いや、なんでもない。ただ、私が贈った物で君の美しさを飾りたかっただけなんだ」

彼が微笑むと、見守っている父の方から「ひぇ」と声がした。あまりにも甘い空気に周りの男性達もどよめいている。

半分は、面白がっているのかもしれない。

以前の王太子とはかなりの変わりようだ。とはいえ心配になって見てみれば、女性達の方は「微笑むご尊顔を拝められるなんて」と崇めていた。

（よかった、私の魔法のせいで殿下の評判を落としていなくて……）

レティシアは、今のウィリアムも受け入れられている状況にほっとする。

その時、控えて待っていたらしいロジェが彼を呼んだ。

「殿下、そろそろお戻りを。ラクール伯爵家がご挨拶される時には、陛下達とご同席されたいとうかがっておりました」

「ああ、そうだったな。このまま足を止めさせるものではないな」

ウィリアムはこのあと、二階で国王達と話す相手の約束も入っているそうだ。

父達と別れの挨拶をしているウィリアムの話を聞くに、予想していた通り彼とは挨拶だけで済みそうだ。

そう分かってレティシアは安堵する。玉座の上にあたる二階の席には、会場の様子を見渡せる特別な談笑席があるとは兄から聞いたことがあった。

「それでは、これで」

互いが別れ、それぞれの方向へ進む。

両親のあとを兄に続いて自分も同行しようとしたレティシアは、唐突に後ろから手を摑まれて驚いた。

振り返ると、自分を引き留めたのはウィリアムだった。

「君が自信を付けていってくれていることは喜ばしいが――私としては、少し面白くないのも確かではある」

「えっ……？」

ウィリアムは真剣な目をしていた。少し声も低い。

レティシアは緊張を覚えた。

「……わ、私、何かしてしまいましたでしょうか？」

後ろめたさで、これから縁談相手を考えつつ社交するのがバレたのだろうかと背筋が冷える。

ここまでで失礼をしてしまった覚えはない。

（とすると……もしかして魔法が弱まっている？）

面白くない、というのが彼女がしている行動そのもののことなのかと身体が強張った時、怯えを察したのか、彼がハッとしてレティシアの腕を解放した。

「突然すまなかった。君は何も悪くない、私の心が狭いだけだ」

魔法がもう解けそう、というわけではなそうだ。

（では、どうして呼び止めたのかしら？）

レティシアが不思議に思って見つめていると、ウィリアムが頰に手を添えて耳元へ顔を近付けた。

「――レティシア、くれぐれもこの前の約束をたがわないで欲しい」

小さな声で囁かれて、どきりとした。

以前、貴族の集まりで勝手なことをして彼を心配させないと約束した。それは魔法でレティシアしか見えていないウィリアムにとって、結婚の候補者を探すみたいに他の異性と親しくする行為のことを指していた。

仮婚約は、あくまで婚約者の候補に上がった、という定義だから。

二人はまだ別の誰かを婚約者に選び、結婚できる立場にあった。

「は、はい、もちろんです」

けれどこれからレティシアは、仮婚約の破棄後を考えていい人も探すつもりでいた。

後ろめたさのせいで目を合わせていられなくて、答えてすぐ彼から顔をそむけて、家族のもとへ向かった。

（ごめんなさい、ウィリアム様……でも、これもあなた様のためなのです）

ウィリアムがロジェの方へと行く。

その気配を背に感じながら、レティシアは彼以外の誰かを探すなんて悲しくて仕方がなくて胸が痛んだ。

レティシアは勘違いしない。

彼の好意を伝える言葉も、態度も、すべて魔法にかかっていたせい。

仮婚約が解消されたあと、間もなくどこかの家へ嫁ぐことが決まれば彼だって安心してくれるはずだ。

魔法にかかったあなたに恋をしてしまったのだと、彼にすがって、困らせたりは絶対にしない――それがレティシアの、魔法をかけてしまったことへの誠意だ。

(魔法が解けたあと、少しでも彼に恨まれることを軽くしたいだなんて……)

自分の考えに自嘲気味な気分になった。ウィリアムの優しい一面を知ってしまったから余計にそう思ってしまう、のかもしれない。

愛してしまったのだ。

好きになった人だから――そんな相手に恨まれるのは、つらい。

「殿下に呼び止められていたみたいだが、待ち合わせの約束でもされた?」

待ってくれていた家族に合流すると、アルフォンスからそう質問された。レティシアはどうにか苦笑を作った。

「違いますわ。……陛下達と待っている、とだけ」

そばで聞く父が納得したように頷き、そして寂しげな溜息をもらした。

「父が見ているところでは、できないような緊張のほぐされ方をしたのだと思うと……」

「あなた」

母が厳しい声を出し、父の背中の肉をつねっていた。

レティシア達も、列をなす挨拶の順番を待って国王達に顔を合わせた。ウィリアムも席の一つに腰を下ろしていた。

公の場なので詳しくは話せなかったが、レティシアはこの機会にと思って彼の両親である両陛下に謝罪した。

　すると国王は、仮婚約のことは感謝していると強く主張してきた。

「あなたのおかげで、わたくし達も心配事がなくなりました。ウィリアムの人生に光が差しましたわ」

（光……？）

　揃ってありがとうと礼まで伝えられてしまったレティシアは、予想とは違う温かな二人の視線にも戸惑った。

　挨拶の時間は決められていたので、そこで国王達との時間は終了となった。

　それからしばらくは、家族で会場を回っての挨拶に追われた。

　そしてようやく、待ちに待っていた自由行動の時が訪れた。

「大丈夫かい？　まだ、つまみしか口にしていないだろう。しばらく父が一緒にいて立食でも――うぐっ」

「あなたは心配しすぎですわ。レティシアがしたいと申しているのですよ。殿下と待ち合わせしていたとしたら、わたくし達が口を出すのは野暮というものです」

「や、やはり呼び止めたのは待ち合わせをして……⁉」

　騒ぐ父を、今度は兄がどかしてレティシアににこっと笑いかけた。

「気にしないで行っておいで。こういった場に慣れたいと言っていたからね。友人と話しながら食べるのが、話も弾んでいいよ」

「ありがとうございます、お兄様」

「俺は会場を少し抜けて知り合いのところで一杯飲んでくるけど、父上達はまだまだ話し相手が待ち構えてる。騎士に尋ねれば一緒に捜してくれるだろうし、何かあれば俺に伝言を持たせるといいよ」

彼が今から飲みに行くのは警備待機中の騎士隊長達で、その交友関係は部下達にもよく知られているのだという。

レティシアは、協力的なアルフォンスに感謝して行動を開始した。

先日話した顔ぶれを捜してみると、大きな夜会ということもあって、王都在住の者達は家族と来ているのも多かった。

緊張しつつ声をかけてみると、みんな歓迎的でほっとした。

いくつかの談笑グループを回っているうちに、仲良くなれた令嬢達とも再会できた。その時にはレティシアも緊張が抜けていたから、名前を名乗り合った令息達と再び話す目的も忘れて話が盛り上がってしまった。

「もっと話していたいですわね」

「あっ、一緒に食事でもされません？　レティシア様のご都合はどうです？」

「誘ってくれるのなら嬉しいですわ。先程料理の台が向こうに見えて、おすすめがあればうかがいたいと思っていたところでしたの」

　食事を楽しむと会話も一層弾んだ。その際に『精霊の体質の会』の二人の令嬢とも再会が叶って、レティシアは嬉しく思った。

　増えた人数でケーキのテーブルへと移動し、女の子同士で楽しんだ。

「今夜もいつものグループで集まっていますのよ。待ち合わせをしていて、お腹いっぱいなるまで食べたあとでまた集合する予定ですわ。レティシア様もいかがですか？」

「ふふふっ、まるで食べに来るのが目的みたい」

　レティシアが令嬢達と一緒になって笑うと、彼女達は胸を張る。

「その通りですわ！　こんなに素敵な夜会ですもの、楽しまないと損ですわ」

「『精霊の体質の会』の皆様らしい発想ですわね。レティシア様も、あの日以来の再会でしょう？」

「はい。私もジオ様達にも会いたいですわ、よければご一緒しても構いませんか？」

　二人は「もちろん！」とレティシアに声を揃えた。

「やあ、また会えて嬉しいですよ！」

　待ち合わせ場所だという入場口寄りの壁際。ジオ達は合流するなりレティシアとの再会を喜び、握手までしてくれた。

「私もお会いできて嬉しいですわ。皆様揃っていらしているのですね」

「幼馴染ですから、いつもこのメンバーで社交界を飛び回っていますよ。一昨日は観劇に行きました。僕なんか、ぼろぼろ泣いてしまって」

「今度、私も参加していいかしら？」

「もちろんですわ！　次は、秋のケーキを出し始めたカフェを予定していますのよ」

「ちなみに俺も彼も甘党です！」

男性メンバーが息ぴったりに互いを元気よく指差すのを見て、レティシアは女性陣と一緒になって笑った。

「ところで、遠目から見えましたけれど先日知り合った方々に挨拶をされていますの？」

「はい。せっかく知り合えたのでもう一度お話をと思って――あっ、ソランジュ様も参加されているのですか？」

そういえば、先日また話そうと約束していたことを思い出した。

「いると思うよ」

ジオがにこやかに頷いた時だった。

「『精霊の体質の会』の皆様も先程ぶりですね」

別の若い男女のグループが足を止めて、そう声をかけてきた。

「レティシア嬢も先日以来ですね、楽しそうで何よりです。ところで――あなたはボーエヌ家のソランジュ殿とも面識が？」

「はい、先日にお会いしまして」

レティシアが答えた矢先、彼らが互いに顔を見合わせた。

「恐れ入りますが〝うちの〟レティシア嬢に何か問題でも？」

一番小柄なジオが、リーダーらしく前に出て質問した。

「あなたも宰相様の娘様のことはご存じではないのですね……彼に妹がいる話は聞いていますか？」

「少々我儘だとは少し耳にしたことがあります」

貴族の位が限定された会には出席できないせいか、ジオ達は首を捻っている。

「ソランジュ殿の妹は、伯爵家以上の茶会もたびたび出禁になることで知られているお方なのです。かなり王太子殿下を慕っているようで……メリザンド嬢と言うのですが、彼と同じ真っ赤な髪をしているので、すぐ分かると思います」

「あっ」

レティシアは、正面の大きな中庭で令嬢達と嫌なことがあったのを思い出した。その中心にいたのが、強い真っ赤な髪をした美少女だった。

「あの方がメリザンド様だったのですね……」

「すでに接触があったみたいですわね」

ジオ達が驚く中、声をかけてくれたグループの令嬢が心配そうに眉を寄せた。

「ええ、その、遠目で少し目が合った程度ですけれど……」

「わたくし達も、畏れ多いことはここで口にしたくないのですが……その、もしかしたらお兄様の方も警戒した方がよろしいかと思いまして、声をかけたのです」

「ソランジュ様をですか？」

「はい。メリザンド嬢はとても我儘で、王太子殿下と婚約されたいと思っていますし、もしかしたら兄に頼んで婚約者の立場を奪おうとするかも——」

「俺にそのつもりは一切ありませんっ！」

その時、どこからか張り上げられた声に全員が驚いた。

そちらを見てみると、会場の中央から走って向かって来るソランジュの姿があった。途端に妹のことを忠告していた令息達が慌てる。

「こ、これはソランジュ殿っ、今の話聞こえていたのか。ええと今のは——」

「いいんだ、妹の気性に難があるのは分かっている。実際、それを頼まれて、先程断ってきたところだ」

令嬢達が「まぁっ」「なんて恐ろしい」と小さな悲鳴をもらした。

仮婚約とはいえ、相手は王太子だ。レティシアもそんなとんでもないことを頼む妹がいるなんて想像していなかったから、驚いた。

「どうしてソランジュ様はこちらに？」

「君が心配になったんだ」

ソランジュが歩み寄ると、ジオ達がレティシアを後ろに庇った。目の前に立つのを素早く遮られてしまった彼が、困ったような顔をして続ける。

「本当だ、信じて欲しい。俺は先日、殿下の想いの強さを知った。叶わないと分かって、それなら彼の隣に立つ君を〝臣下として〟支えていきたいと心に決めたんだ」

「ソランジュ様……？」

レティシアは、彼が何を言っているのか分からなかった。

周りの者達は、察したみたいに顔を見合わせている。

「時間がないので手短かですまない。妹は父と俺の方で監視していたのだが、二人になった時に口喧嘩になってしまい、彼女は怒ってどこかへ行ってしまったんだ。それで慌てて会場内を走り回ったが捜しきれなくて」

幼い頃に母を失い、しばらく周りも揃って甘やかしたのが原因なのか、令嬢教育も効果がなく年々手に追えなくなってきた。

つい最近も、王太子と接点を持たせて欲しいと催促するがためにウッド伯爵の新婚パーティーに乗り込み、メリザンドは彼を怒らせたのだとか。

「俺が頼みを断った時の激昂ぶりを考えると、我が妹ながら何をするか分からない不安があったので、まずは急ぎ君の安全を確かめに来たんだ」

レティシアは、正直に話してくれたソランジュに心を打たれて歩み寄った。両手で手を握って感謝を伝える。

「まぁ、そうだったのですね。ありがとうございます」

「い、いや、不安というのは、何事も起こらない方がいいものですから……」

ソランジュが頬を染め、正面から見ていられない様子で視線を逃がした。

「俺は君が幸せであるのなら……心許せる友として、そばで支えて守っていければ、それで満足なんだ」

その途端、なぜかジオ達『精霊の体質の会』がぶわっと涙を浮かべた。

「なんて健気（けなげ）……！　ソランジュ様の心意気は分かりましたっ、あなたは僕らの味方だ！」

「これからよろしくお願いいたしますわ！　ソランジュ様」

「ちょっ、露骨に感動と同情をするのはやめていただきたいっ」

すると見守っていた令息が、仕切り直すように咳払いする。

「しかし厄介なことになりましたね。あの令嬢は、何をするか分かりません」

「兄である俺の前で、と言いたいところですが……面目ない」

「『精霊の体質の会』の皆様、ここはひとまずレティシア様をご家族のもとに連れて行った方が安心かもしれませんわ。あのアルフォンス様も間もなく戻られることでしょうし、この会場で一番安全かと」

「よしっ、ここは僕ら『精霊の体質の会』が任された！」

ジオがどんっと胸を叩いた。

そういうわけで家族と合流することになり、レティシアはジオを先頭に『精霊の体質の会』のみんなに周りを固められて会場内を移動した。何かあった時には一番に身を張れるよう、ソランジュが彼女をエスコートしていた。

「皆様申し訳ございません、せっかくの夜会ですのに……」

「ふふっ、よろしいのですわよ。もう大切なお友達ですし、同じ精霊の体質持ちとしては他人事とは思えませんから」

精霊の体質を持った者を嫌う貴族はいまだ多いという。それもあって、理不尽で差別的な嫌な行動に出られてしまうのもしばしば。

精霊の体質が強いほど、腫物扱いだ。

「この世代だと僕らがそうだね。学校でいい成績をとっても『なんであんな精霊の体質持ちが』って学院長に抗議されて順位を変えられたこともあったよ。たぶんさ、仮婚約がどうのっていうソランジュの妹さんも、ちょっと当てつけ感はあるかも」

「そうそう。いいところの集まりだと毛嫌いを態度に出されないから、僕らもあえて出席するしメンバーで一緒に行くんだ」

「そうでしたの……つらいですわね」

「ふふっ、さっきの方達のように受け入れてくださる人もいらっしゃるのよ。そんな出会いもあるから素敵なのですわ」

彼らに揃ってにこにこと視線を送られソランジュが、恥ずかしそうに俯いた。

「……いい出会いと言ってくれて、ありがとう」

これまで身分が違うこともあって話す機会がなかった両者。レティシアは、こんな状況ではあるけれど素敵な友人の縁に思えた。

「ひぇ」

その時、先頭を歩くジオの華奢な背が強張った。彼が足を止めたのでぶつからないよう止まったレティシア達も、次の瞬間息を呑んだ。

「見付けましたわよ」

肩を怒らせたメリザンドが、人混みをどかして目の前に立ったのだ。

「よくも殿下の前で恥をかかせてくれたわね！」

彼女は、ソランジュと同じ真っ赤な髪を美しく背に覆わせていた。美貌の顔は、今や周りの人の目など関係ないと言わんばかりのすごい形相だ。

誰かにこんなに憎悪を向けられるのは初めてで、レティシアは竦んだ。

「は、恥？　いったい、なんのことか――」

「とぼけないでちょうだい！　あなたのせいでこの前、殿下に無礼な娘だという風に言われたわ！　私はこんなに努力しているのにっ、なんであなたが王太子妃候補に抜擢されるの⁉　あなたなんて、魔法で殿下の心を手に入れたんでしょう！」

金切り声が会場内に響く。

周りの貴族達がざわめいた。言いがかりだとしたら伯爵家、そして王家に対するとんでもない不敬だ。

「お、落ち着くんだメリザンド、人前だぞ」

「お兄様はわたくしの味方をしてくれないの⁉　ひどい、こんなのおかしいわ！　何も努力なんてしていない彼女が、殿下との指輪をしているなんて許せない！」

「メリザンド！　自分が何を言っているのか分かっているのかっ、それは精霊の子孫に対する無礼な言いがかりだぞ！」

ソランジュが激昂した。

メリザンドは、だからなんだと言って一向に理解を示す様子がなく、ジオ達のグループ名さえ公の場で堂々詰った。

その礼儀のなさを、貴族達が距離を置いて白い目で見ていた。

レティシアは、メリザンドの発言にショックを受けていた。魔法でウィリアムの心を手に入れている状態なのは事実だ。

(彼女のように努力している令嬢達もたくさんいるのに、私は――)

非難されても仕方のないことで、彼女の言葉はすべてレティシアの胸を刺した。

「黙っているなんて失礼ではなくって⁉ わたくしに謝って! 謝りなさいよ!」

ヒステリックな怒声が、夜会のいい空気を壊していく。

「メリザンドいい加減にしないか! 父上に――」

「お兄様だって、もし魔法なら自分もかかってチャンスが欲しいと想像くらいしたんでしょう⁉」

「なっ……んてことを言うんだ!」

ソランジュが顔を赤らめた。ジオがすぐ反論する。

「ソランジュ様はそんなこと考えないです!」

「汚らわしい精霊の体質を持った人間は黙っていて!」

周りの貴族達が一層どよめいた。

「それならお兄様、わたくしが望みを叶えてあげる。夜に会える時を待っていたのよ。月の光も、少しはこの明かりに混じっているはずでしょう?」

メリザンドがさっとドレスを翻し、小さな令嬢のジュースグラスを「それを寄越しなさい!」と言って奪い取った。

レティシアは、自分に向かって走ってくる彼女にハッと我に返る。

「やめろメリザンド！」

　彼女が何をしようとしているのか察したのか、ソランジュが叫んで止めにかかる。ジオ達もとびかかって、メリザンドからグラスを奪い取ろうとした。

「レティシア様、逃げるのですわ！」

「そ、そんな、皆様を置いて私だけなんて――」

　だが次の瞬間――メリザンドが、レティシアに向けてグラスを投げた。

「あっ」

　誰かがそんな声を上げた。ジオ達も、見ていた全員がそれを目で追って、ハッと息を呑んだ。

「レティシア嬢！」

　ソランジュが素早く引き返し、レティシアの前に回ってグラスを腕で払った。

　彼女は宙を舞ったジュースの一部に「あっ」と声をもらし、咄嗟に身を庇ったが、腹部にびしゃっと冷たさを感じた。

　――がしゃーんっ、とグラスが床で砕け散る。

　大きな音と共に悲鳴が上がった。

　しかし、世界の終わりのような悲鳴を響かせたのは、腹を抱えるようにしてうずくまったレティシアだった。ソランジュ達が慌てて駆け寄った。

「レティシア嬢っ、どこか怪我(けが)を――」

「お願い見ないでっ！」

濡れるはずがないと気を抜きすぎた。レティシアはジュースがかかって青くなった髪を、腹にぎゅっと抱えて震える。

「大丈夫だから、落ち着いて」

ソランジュが片膝をつきそう言ったが、彼女は覗き込もうとする視線から、一層髪を抱き締めて隠し首を激しく横に振った。

会場は、二階席の窓もカーテンがなく開かれている。

メリザンドが言った通り、会場内の明るさは月灯かりも含まれていることだろう。

（ウィリアム様以外にも魔法をかけてしまう――）

レティシアはパニック状態だった。

騎士達が駆け付けて、メリザンドを押さえた。宰相様をと誰かが声を張り上げるのが聞こえる。

「……お、俺が連れて行く」

ソランジュが、唾を飲み込んでそう切り出した。

「ですがソランジュ様、レティシア様の青い髪をもし見てしまったら――」

「髪を見たって、きっと平気だ」

「いいえ、いけませんっ。やめてっ」

レティシアは、抱き上げようとするソランジュの手を拒んだ。

「見たら魅了を受けてしまいますっ、そんなことはだめです！」

「いいんだレティシア嬢。……魅了の魔法は、すでに気がある者には重くかからないと聞くし……」

何か、ソランジュが小さな声で言った気がする。

けれどレティシアは、彼が再び伸ばしてくる手の気配に身を硬くし、ぎゅっと目を瞑った。だが——直後、ぱしっと弾く音が耳に入った。

「そこをどけ、第四補佐官ソランジュ・ボーエヌ」

それは、ウィリアムの声だった。

聞こえたその声に、レティシアの全身から一瞬で緊張が解けた。

（ウィリアム様が来てくださった——）

潤んだ目をぱっと向けた瞬間、背中と膝の後ろに手を入れられ、軽々とウィリアムに抱き上げられた。彼はたくましい腕でしっかりと抱き寄せ、胸に抱いているレティシアの髪が彼の胸板に隠れるよう押し付けてくれる。

「レティシアのことは私がする。手出しは不要だ、いいな？」

そう告げた低い声に、誰もが動けなくなっていた。

周りを見やるウィリアムの横顔は冷たく、恐ろしいのに美しくてレティシアは目をそらせなかった。

「ドレスも私が着替えさせてくる、そうラクール伯爵らにも伝言を」

「はっ、かしこまりました！」

冷えびえとした目を流し向けられた騎士が、すぐ答えて駆け出した。

ソランジュが青い顔で、胸に片手を添えて非礼を詫びた。

「で、殿下、このたびはうちの妹が誠に申し訳ございませんでした」

「暴挙を防ごうとしたことは、私もこの目で見た。騒ぐ声から、おおよそのことも察している。お前達も〝私の婚約者〟が世話になったな」

言葉を投げられたジオ達が「とんでもございませんっ」と慌てて頭を下げた。

「とくにソランジュ、貴殿のおかげで、レティシアの髪も一部が濡れただけで済んだ。妹の件はのちに——レティシアの友人らには心から感謝を」

緊迫感に包まれていた周りから、パチ、パチ……と拍手が上がり始めた。

それはやがて、勇敢さと友情をたたえる盛大な拍手へと変わった。

「殿下、どうかレティシア嬢をよろしくお願いいたします」

ソランジュがしっかり目を見つめ返し、そして丁寧に頭を下げた。

その様子を見て、ウィリアムがぐっと目を細める。

「そうだったのか——貴殿の気持ち、しかと受け止めた。あとのことは頼んだぞ」

「はっ、お任せを」

ジオ達も、ソランジュに続いて慌てて再び頭を下げる。

ウィリアムがレティシアを抱き上げたまま歩き出した。波紋が広がっていくかのように、人々が二人のために道を開ける。

レティシアは彼の身体に密着しつつ、その光景を見ていた。

抱き上げられ、それを見守られている状況はかなり恥ずかしかったが、青くなった部分の髪を見られるわけにはいかない。

（ああ、胸が震えて……声なんて出せないわ）

青い髪を見られたくない。それを守ってくれているウィリアムが嬉しすぎた。

彼に運ばれて会場を出た。ウィリアムは、ライトアップされた庭園沿いの通路を奥へと進んでいく。

その突き当りの角を曲がると、途端に夜会の物音も遠のいた。

「ウィ、ウィリアム様、こんなことをさせてしまい申し訳ございません……私、もう自分で歩けますので」

「ここは参加者のための休憩室がある場所だ。もし誰かが出てきたら、青い髪を見られることになるぞ」

外が見える方とは反対側へ目を向けると、薄暗い通路の奥まで個室の扉が続いていた。

そこから誰かが出てきて、鉢合わせたら大変だ。

月明かりは扉まで差し掛かっており、青い髪が指先からこぼれでもしていたら、見られてしまう。

レティシアは髪を一層かき抱き、ウィリアムの腕の中で小さくなった。

月光が照らす無人の廊下に、彼の足音が響く。

間もなく彼は、『空室』という札が下げられた扉の前に立ち札を裏返しにした。ドアノブを肘で押して、足で開けやる。

やや荒っぽい入室の仕方に、レティシアはびくっと身を硬くした。

(先程のお声も少し冷たかったわ……騒ぎを起こしてしまったことをお怒りなのかも)

想像して胸が痛くなった。まずは、謝罪しなければと考える。

すると、入室した彼が休憩用のソファもベッドも通り過ぎ、歩いていく。

「あの……？　ウィリアム様、いったいどちらに」

「見ていいのは私だけだ」

「え？」

見上げると、ウィリアムが奥にある扉へ足を進めながらぐっと目を細める。

「君に嬉しそうな顔をして駆け寄るのも、君から手を取られるのも――エスコートをするのも、私だけでいい」

言いながら、ウィリアムが開けた奥の扉の向こうにあったのは浴室だった。

換気のためか、開いた窓からは月が見える。

休憩室は、贅沢なことに二人ほど入れる浴室まで付いているようだ。彼は迷うことなくそこへ入っていく。

「レティシア、いい加減そろそろ婚約者である私を構ってくれないか？　今日まで我慢してきたが、もう限界だ。他の男とばかり話されて私は大変面白くない」

「え？　あの、そもそもなぜこちらに――きゃっ」

予告もなく浴槽の中に下ろされて驚く。

レティシアは彼の前に、ジュースが沁みて青が広がっている髪が晒されていることに気付き、慌てて抱き寄せて隠した。

「そんなことはもう不要だ、意味がない」

「えっ？」

直後、レティシアは、頭からシャワーのお湯が降り注いで硬直した。

「……あっ」

遅れて状況を理解した。お湯が身体を濡らし、みるみるうちに髪が青く変わっていく。

ウィリアムが、蛇口を捻ってシャワーを出したのだ。

レティシアは慌てて髪を隠そうとした。けれどジャケットを荒々しく脱ぐなり彼が浴槽に入ってきて、彼女の手を左右に開かせて押し付けてしまった。

「ウィリアム様っ、何を」

「すべて濡れてしまうまで待て。もっと、私に見せるんだ」

「で、ですが――っんぅっ」

唇を奪われた。もみくちゃに吸われ、荒々しく何度も重ね直してくる。

息苦しくなって口を開けると、肉厚の舌がレティシアの唇を押し開いて、一気に奥まで入ってきた。

「んんっ……ん……んぅ、んっ……んっ」

激しくて濃厚なキスに、浴槽の中で身体がびくびくっとはねる。

ウィリアムは、レティシアを押さえ付ける手に一層力を入れ、自身の身体を押し付けてきた。二人の胸元を、お湯が伝ってこぼれていく。

（あっ、あ……こすり、つけて）

キスをしながら、彼が身体を揺らしてきた。

レティシアの下腹部とその下あたりに、昂（たかぶ）った硬いものがあたっていた。彼はわざとそれをあてていてきているのだ。

早急な彼の想いを肉体越しに感じて、身体の芯からいけない熱がどんどん込み上げてくる。だめなのに、彼と触れ合っている何もかもが気持ちいい。

その間にも、シャワーから降り注ぐお湯がレティシアの髪色を変化させていく。

月光があたったそれは、次第にきらきらと星を帯びるような輝きをまとう。

「はぁっ――そう、この色だ。私のすべてを惹き付ける」

ウィリアムがお湯に濡れたドレスの膨らみを掴み、鎖骨に張り付いたレティシアの髪ごと肌に口付けた。

「ンッ、それは、あなた様が魔法にかかってしまったせいです、あっ」

胸を揉みながら、肌も一緒くたにれろりと舐め上げられた。

彼が興奮しているのが分かる。忙しなく吸い付いてきて、獣みたいだ。

(これも、魅了がもたらす媚薬のような効果のせい……?)

抵抗しようとしたレティシアは、ふと浴槽に溜まり始めたお湯に気付いた。

「あ――んっ、ウィリアム様、お湯が」

「すぐいっぱいになることはない」

愛撫しながら、彼の濡れた手が早急にレティシアの身体をまさぐる。

「これも邪魔だ」

お湯に浮き始めたドレスを脱がされた。愛撫しながら彼もベストを余裕のない手付きで脱ぎ、ベルトを外して浴槽の外へ投げ捨てる。

柔らかな太腿の形を変えていた男の手が、不意にじっくり付け根近くまで撫でるように上がってきた。

（あ、やだ、もう下着しか穿いていない……）

お湯に浸かった太腿の付け根近くを、大きな手が這った。

「あぁ……あ……っ」

レティシアは、たったそれだけで、熱を覚えさせられた足の間がひくんっと潤いを増すのを感じた。

「愛らしいなレティシア。ここも、もう触って欲しいか？」

耳元で囁いた彼の声に反応して、下腹部の奥がきゅんっと収縮する。

「あっ、ン」

彼のしっとりとした低い声は、腰まで響く。声だけでぴくんっと身体をはねてしまったレティシアは、自分の甘ったるい声に赤面した。

ウィリアムが、目を見開く。

「……っ君は、本当に私の声がいいのか」

恥ずかしくて、そんなこと正直に答えられるはずがない。

顔をそらしていた彼女を見つめたウィリアムが、喉仏を上下させた。

「濡れて邪魔なので、もう下も取る」

「えっ？　あ、だめっ」

尻を持ち上げられ、浴槽の中を滑りそうになって咄嗟に彼のシャツを摑んだ時、下半身の最後の一枚がするんっと脱げていった。

「あ、あ……」

今やレティシアは、シュミーズ一枚だ。ピンクに色付いた乳房が、お湯に濡れて張り付いた薄い生地をぴんっと押し上げ、広げた足から秘所を彼の目に晒している。

（なんて、いやらしいの……）

自分の姿に羞恥したレティシアは、ウィリアムが手を止めてじっくり見ていることに頭の中が沸騰した。

「やっ、見ないで」

「それは嫌だ。触るし、見る」

ウィリアムがお湯に手を入れて、レティシアの柔らかな茂みを探った。

「ひゃあっ、……あっ」

すぐに彼の手は蜜口へと到達した。花弁に沿って撫でられ、濡れていると分かると一気にこすり上げてきた。

「あっ、あ、いきなりは……っ」

「もうこんなに濡らしているのに？」

胸を愛撫し、肌に吸い付きながらウィリアムが興奮した声で言う。

「待ち遠しいと、私が触れてからしとどに甘露を溢れさせていたのではないか？」

「そ、そんなこと——ひゃあっ」

ぬぷり、と彼の指をレティシアのそこは呆気なく呑み込んだ。

「あっ……ああ……っ」

「ほら、こんなに濡れて——もう二本目も入った——。広げて、三本目も入れてみようか」

彼の指が興奮をそのまま伝えてくるみたいに、お湯を揺らしながらじゅぽじゅぽと蜜壺を出入りした。

同時に花芯も弄られて、レティシアはたまらず腰が浮き、びくんっと背を痙攣（けいれん）させる。

「ああ、イきそうになっているのかな？　とても美しいよレティシア、青い髪で乱れる君は幻想的で、とても妖艶だ」

「あ、あっ、だめ……っ、そんな激しくされたら……もうっ」

「だめではないだろう？　果てられるほどの快感が欲しくて腰が揺れている。君の好きなところを刺激してあげるから、ほら私の首に腕を回して」

レティシアは身体を支えていられなくて、ウィリアムの首に腕を回した。

下半身の強張りが解けた途端に、彼が与える快感が強く身体の奥を走り抜けた。察したみたいに彼が指の動きを激しくする。

「あぁっ……ああ、ン……っ、あぁ、いやぁ」

　理性がぐずぐずにとけていきそうだ。

（浴室でこんなことといけない……）

　そう頭では分かっているのに、この姿勢は愛情まで覚えるせいで自分から腰を浮かせてねだってしまう。

「嫌ではなく、いいのだろう？」

　甘くて低い声に酔いそうだ。

　その通りだった。彼が愛撫するほどに悦（よろこ）びが込み上げて、中が一層痙攣して甘く疼く。余裕もなくほぐしてくる彼が愛おしくて、だからこんなにも感じて蜜が溢れてくるのだ。

　愛しい人の手で、このまま果てたい。

　レティシアは、抗いようのない恋の感情に心を委ねたくなった。

　けれど不意に先程のメリザンドの言葉が思い出され、身体を強張らせて頭を振った。

「ン、でもだめ、あんっ、……ウィリアム様に、こんなことをさせては……」

　それが気を悪くさせてしまったらしい。

　ウィリアムがぱしゃんっとお湯を揺らしてレティシアを浴槽に押し付けた。指を深く突き入れて蜜壺を激しく攻め立てる。

「そこでなぜ快感を拒もうとする？　私では、相手として不服か？」

「ち、ちが、あっン、ウィリアム様は魔法のせいで――」

ウィリアムが唇を嚙んだ。

不意に、乱暴とも思える力強さで足をもっと開かれ、奥に届いた彼の手に息が詰まった。

「違う、私は君でなければ嫌なのだ。――君こそが〝私の運命の人〟なのだから」

「ウィリアム、さま……あぁあっ、ああっ」

疼く膣奥を容赦なく押し上げられて強烈な快感が走り、レティシアは下半身をがくがくと震わせた。

「一目見て欲しいと思った」

「あっあっ、これだめですっ、あんっ、ンッ」

「青い髪を美しいと思った。まさに精霊だ、私だけの美しい、愛しい精霊が君なんだ」

ウィリアムはレティシアの首筋に何度も吸い付き、胸も愛撫する。

早急に快感を高められているのを感じた。普段とは違う熱量から、これだけでは終わらない予感がした時、ウィリアムに容赦なく絶頂へと導びかれていた。

「あっ――んんんぅっ」

レティシアは背を震わせ、びくびくっと腰と足をはねさせた。

押し込んだまま止まった彼の指を、ぎちぎちに締め付けてしまう。

（あ、あ……果てて、しまった……）

甘い痺れが全身へと広がっていく。

いつもと違って、奥の方から気持ちよさが弾けた気がした。

達したのに、中が痙攣して気持ちいい。入ったままの彼の指に吸い付く感覚も良く、快感がお腹の奥に残ってじくじくと疼いているみたいだ。

「そう、それでいい。その感覚に集中して——腕は回したままで」

ウィリアムが指を引き抜き、抱き直しながら濡れて透けたシュミーズから主張する乳首をちゅうっと口に含んだ。

「んぁっ……」

ちゅくちゅくと吸い上げられると、ぞくぞくと震えるような快感で背がそった。

(どうして、こんなに気持ちいいの……)

すると、ズボンの前をくつろげる音がした。

レティシアがハッと見下ろすと、腰まで上がった湯の中、二人の隙間でウィリアムが湯を揺らしながら片手を動かしていた。

——ちゅく。

「あっ」

間もなく、湯とは違う温かさが愛液をまとった蜜口に触れた。

濡れた衣服と湯が視界を邪魔したが、彼から飛び出した欲望が、レティシアの中へと向いているのは分かった。

「……だめ、だめですっ、それだけはっ」

嫌々と首を横に振った瞬間、ウィリアムに目を覗き込まれた。

その強い眼差しにレティシアは心が震えた。彼の目に激しい情欲が燃えていた。

「私のものだと刻み付ける。——君は、誰にも渡さない」

背中をしっかり抱かれたまま、片手で尻を掴み彼の方へと引き寄せられる。

愛しい人の腕は強引なのに優しくて——もう、抗えなかった。

間もなく、大きな熱がレティシアの花弁を押し開いた。

「あっ……ああ……っ、……いた、いっ」

先をぬぷりと押し込んだウィリアムが、一度止まった。

「くっ——レティシア、力を抜くんだ」

「ど、どうしたらいいのか……わか、分からなくて……」

目から、はらはらと涙がこぼれる。

まだ誰にも暴かれていないレティシアの隘路（あいろ）には、彼自身は大きすぎた。

彼はそれでも再び押し進めてきた。限界まで押し開かれていくような感覚と、こすれて焼けるような熱に身体の全部を持っていかれそうだ。

「お願いですウィリアム様……ひどいことは、なさらないで……」

「ひどいことはしない。君と愛し合いたい」

レティシアの頬にかかった青い髪を後ろに撫でるようにどけて、ウィリアムが涙をこぼす目尻にキスをした。

「愛……」

「そうだ、レティシア。私は、君を愛したい」

キスで落ち着けてくれる彼の気遣いに、レティシアはきゅんっとした。

（愛なら……欲しい）

優しくて、恋しくて涙が溢れた。彼が顔にキスをしていくたび、心なしかきつさも和らいでいくのを感じた。

「深呼吸するんだ。私のキスに集中して――そう、いい子だ」

ウィリアムは涙を吸い、耳に、顎に、首筋にもキスをする。

一度達して敏感になっていたせいか、彼女の身体は優しい愛撫だけで奥から蜜を出した。

それは彼を迎え入れるのを手伝ってくれる。

（ああ、彼が……私の中に……）

「ウィリアム様……んっ……ああ……あっ……」

（私も、あなたの愛が欲しいの）

その気持ちが暴走しそうで優しくしないでと思った。けれど彼はキスも愛撫もやめなかった。

「いいよレティシア。うねって、絡みついてきて――私も気持ちがいい。少しこするぞ」

　ウィリアムが二、三度、前後して愛液の滑りを確かめる。

　たったそれだけの動きにもレティシアの身体は反応し、ひくひくっと痙攣して奥から愛液をさらに溢れさせた。

「……あっ、ぅ……はっ」

　レティシアはすべてを委ねてできるだけ力を抜いた。

　彼の首にしがみついたまま、彼の感覚に集中して、与えられる快感を受け入れる。

「いい子だ、そのまま――ああ、とてもいい。これなら……」

　ウィリアムがお湯の力を借りて、一気に腰を奥へと進めた。

「あっ――あぁぁぁっ」

　一瞬、何かが破れるような痛みがあった。

　レティシアは涙と共に、愛しい人の偽りの愛を受け止めた。

（中が……熱い……）

　お腹の中が圧迫されて、息が詰まりそうだ。

　中に雄々しい脈動を感じた。これが、ウィリアムが抱えていた欲望なのだ。

「あ、あ……なんて、大きな……」

「君を想ってここまで大きくなったのだ。すべて君の中に入ったのが、分かるか?」

ウィリアムが満足そうに、レティシアの頰へキスをする。

「んっ、中に、ウィリアム様がいるのが分かります……」

「もっと分からせてあげたい。だから——もう、動く」

言うなり、彼がゆるやかに出し入れを始めた。

彼が前後する動きに合わせ、腰まで溜まったお湯が揺れる。

熱くて、ひきつるような痛みがあった。けれど同時にレティシアの胸には、初めての相手に彼がなってくれたという喜びも強いほど込み上げていた。

(好き……あなたが、好きです……)

動くたび、彼がレティシアの中をこすり上げて存在感を伝えてくる。

偽りの愛でもいい。今は、ただ、一緒に気持ちよくなろうとしてくれている彼と、このまま愛を確認し合いたい——。

「あっン……ん……あぁ……っ」

次第に、レティシアは痛み以外の熱も拾い始めていることを自覚した。

奥へ押し込まれると、ひくんっと膣壁がうねった。甘い痺れがお腹の奥まで響いていく感じがある。

それを察したのか、彼がお湯の中で腰を持ち上げて大きく回すように打った。

「あぁっ、あっ、あぁ……」

「レティシア、感じているのか？　教えてくれ、君の口で知りたい」

「ひぅ、んっ……あ……こすれて中が、ぞくぞくして……」

「それでいい。何も怖がらず、私の感覚に集中して」

　ウィリアムが腰を抱える手に力を入れると、ぱちゅっぱちゅっと腰を大きく前後に揺らし始めた。

　レティシアは、たまらず彼にしがみつき身を委ねた。

　結ばれている感覚は独特で、まだ痛みはあるものの、抱き締めていた時以上に一つになれたような幸福感があった。

「あっ、あ、奥が押されて、んぁっ」

　これが、男女の愛し合い。

　彼女のために腰を振ってくれているウィリアムが、愛おしくてたまらない。

「ああっ、いいっ、ウィリアム様……っ、ウィリアム様っ」

　彼が押し込むたび、二人を浸からせているお湯もパシャッと揺れる。

「レティシアっ」

　ウィリアムがレティシアの方へ身体を倒し、足を開かせるように膝の後ろを抱え持って激しく突き上げ始めたのだ。

「ひゃあぁっ、あっ、ああっ……あん、んぁっ……」

お湯と愛液が、じゅぷじゅぷと隘路を行き来した。

ウィリアムの身体の動きに合わせてお湯が大きく揺れて、浴槽の縁にあたって波飛沫(なみしぶき)を上げている。

お腹の奥に溜まっていく快感が、どんどん強くなっていく。

同時に彼の激しさも増して、レティシアはこの行為の終わりが近いことを察知した。

純潔を失った鈍い痛みと、眩暈を覚えるほどの初めての男女の繋がりの悦楽の中で、愛した人の名前を心で何度も呼んだ。

(好き、ウィリアム様、好きです)

ウィリアムへの愛おしさが止まらない。

でも、彼女はそれだけは口にしてはいけないのだ。

それでも彼女の中が、貪欲にも彼を求めて、もっと、もっととうねる。締め付けられたウィリアムが、苦しそうな息を吐いた。

「レティシアッ、レティシア好きだっ――愛してる！」

「あっ」

ずくんっ、と彼が力強く中に押し込んできた。

子宮が押されて目がちかちかした。強烈な快感だと分かったのは、彼が腰を震わせて欲望を吐き出した時だった。

「あぁぁっ、イッ……！」

注がれる熱で、蜜壺の奥までいっぱいになった瞬間にレティシアも果てていた。

あまりの強い快楽で、言葉は出なかった。

達したあとも、ぞくぞくっと膣壁が痙攣して彼のものに吸い付いている。

（……あっ、あぁ……シて、しまった）

シャワーの音を聞きながら、レティシアは快感にぶるっと震えた。いずれ破棄されるはずの仮婚約という立場で、彼の子種を受け止めてしまった。

湯の中で、彼はぴったり密着したまま奥にどくどくと注ぐ。

快感が指先まで広がって動けないでいると、湯と汗に濡れた頰をウィリアムに撫でられた。

「とても良かった」

ゆるゆると目を合わせてすぐ、キスをされた。

「ふ……ン……」

二人で果てたあとのキスは、極上の蜂蜜のように喉奥まで甘く感じた。気持ちよさが下半身にまで伝わって、まだ入っている彼自身を締め上げてしまう。

すると、むくっと硬くなるのを感じた。

「んんっ？　んぅ、ンッ」

びっくりした直後、舌を絡めながらウィリアムが奥をぐりぐりと押してきた。

興奮しているのか、彼は濡れたシュミーズ越しに身体をまさぐってくる。

（あ、これ……気持ちいい……）

繋がりを感じたまま肌に触れられると、もっと一つになった感じがした。

身体の芯が愛されたいと甘く疼いて熱を持つ。このままリラックスできるところで、二人で横になって感じたい――。

そう思った時、ウィリアムが唇を離した。

「遅くならないうちに送り届けると約束しよう。だが――もう一度だけ」

レティシアは、情事の色香が漂う彼のエメラルドの瞳に見つめられてくらくらした。

見つめ合ったら、もうだめだった。

まだ彼と一緒にいたい。そんな気持ちと、そして彼と同じくらい欲情が昂っていた彼女は、恥じらった顔でこくんと頷く。

ウィリアムが息を呑み、次の瞬間ずるりと自身を引き抜いた。

「んぅっ」

ぶるっと快感に震えたレティシアは、彼のたくましい腕に抱き上げられて一緒に浴槽から出た。

二人揃って、ぽたぽたと湯を落としながら、ソファの向こうのベッドへ移動する。

休憩室のベッドへ横たえられたところで、レティシアはハッとした。

「あっ、濡れてしまいます」

「構わない。どうせ濡れるものだ」

ウィリアムが上半身の最後の衣服であるシャツを脱いだ。覆いかぶさり、片手を絡めて握られ胸がきゅんっと甘く高鳴る。

レティシアは、彼の上半身の肉体美に見とれてしまった。

「それに今は、君が欲しくてたまらない」

「——あっ」

自由な方の手で、彼が蜜口に触れる。

「ああ、とても柔らかくなっているな。いい具合に吸い付いてもくる」

「あ、あぁ……や、あ……」

「聞こえるか？　奥からどんどん溢れてくる」

彼の子種を注がれた中は一層濡れて、くちゅくちゅとかき混ぜられると蜜をどんどん滴(したた)らせていく。

先程彼が『どうせ濡れる』と言った意味が、レティシアにも理解できた。

「服は濡れたままだと風邪を引かせてしまうかもしれないな。脱ごうか」

シュミーズを脱がされて、彼の前に裸体を晒してしまうことになった。ウィリアムもズボンなどすべて脱ぎ捨てた。

「ああ、やはり君はとても美しい」

上から覗き込まれたレティシアは、同じくその身一つとなった彼に、一糸まとわぬ姿になった恥ずかしさとはまた別の羞恥を覚えた。

美しいのは彼の方だ。均等の取れた美しい肢体、腹筋があって締まった腹――その下には、そそりたって腹につきそうな男性の欲望があった。

「まだ、君には怖いかもしれないな」

見ているものに気付いた彼が、のしかかって下半身を見えなくした。彼の手が再び蜜口へと触れて、レティシアの不埒な気持ちを上げる。

「あっ……はぁっ……ウィリアム、様……」

「蕩けて愛らしいな。気持ちよさそうで、私も嬉しい」

くすりと笑ったウィリアムが乳房を撫でた。柔らかく包み込んで形を変え、先端も弄る。

「あぁっ、それ……っ」

「ここも感じるか？　愛らしい果実のように立って――ああ、あの夜も本当に綺麗だった。湖で見た時から、この美しい形もずっと目に焼き付いて離れなかった」

「あ、あっ、見えなかったと、おっしゃっていたのに、ンッ」

「君が緊張すると思ったからだ」

乳房を握った彼が少し背を起こした。その際に指とは違う熱が当てられ、彼が腰を押し込む動きに合わせて大きな熱が中へと入ってきて、レティシアは震えた。

先程と違い、そこは難なく彼自身を呑み込んでしまった。

「はぁっ、よすぎる。気を抜くとすぐに出してしまいそうだ」

ウィリアムが手を握り、腰を打ち始めた。

「ああっ、あ、ああ……っ、やぁ……っ」

こつん、と子宮の入り口にあたるたび、レティシアはぞくんっと粟立った。

「さっきよりも声がとても甘い。ここがいいのか？」

ぐちゅ、ぐちゅ、とわざとゆっくり突かれた。

「あ、あっ、奥が響いて……」

「ああ、中で感じ出しているのか。なんとも素敵だ――今はただ、私を感じてくれ」

「は、い……」

あなただけを感じていたい。そう思っている間にも彼が優しく唇を覆ってきて、レティシアはもう他のことなど考えられなくなった。

心も蕩けて、彼の律動を受け入れて喘いだ。

会場で夜会が続く中、しばらくベッドの上で二人は愛の行為に耽(ふけ)っていた。

六章

翌日、レティシアの目覚めはなんとも重かった。

瞼の裏の眩しさに目を開けてみると、カーテンが開かれて高い日が見えた。

そばでは水桶（みずおけ）などを準備しているガーベラがいた。そろそろ起きそうだと分かっていたようで、身じろぎしてすぐに目を向けてきた。

「おはようございます、昨日はお疲れだったようですね」

「え、ええ……」

慣れない激しい運動もあったし、精神的にもまいっている。

ウィリアムはベッドで抱き直した際に、動けるように軽くするとも言った。けれど少し筋肉痛があり、腰にも鈍痛があった。

（これが、純潔を失った痛み……）

昨夜、家族には、着替えをさせたあと庭園の散歩で気分を落ち着けて自宅に送り届けると伝えられたらしい。

両親も兄も、新しいドレスで帰ってきたレティシアに疑問を抱かず、笑顔が見られて嬉しいと喜び出迎えてくれた。

昨夜は、メリザンドとの大変な出来事があった。

けれどショックを受けた傷は、とうにほとんど癒えていた。

ウィリアムに愛されて、求める熱のまま精を奥に注がれた時に、レティシアは幸福感に包まれた。そしてベッドでは二回も彼の愛を受け止めた——。

「旦那様と奥様も、まだお休みされていますわ」

「そ、そうなのね。ええと、お兄様は？」

「休日にご友人様達と約束をされていたそうで、ティーサロンへ——」

支度するガーベラの話を聞きながら、後ろめたさでレティシアは視線を下げた。

（……ああ、なんてことを）

とうとう純潔を散らしてしまった。不安に思いながら、違和感がまだ残る腹を撫でる。

妊娠はしていない、と思いたい。

あれが初めてであったし、魔法による偽りの関係でレティシアが王太子の子を妊娠してしまったら大変だ。

昨夜世話をしてくれた王太子付きのメイド達も、休憩室のベッドで行われたことに気付いた様子だった。けれど彼女達は何も言わず、黙々と仕事をした。

それから二人が熱を上げている最中に、家族へ伝言したという王太子の護衛騎士達も気付いている。

彼らはその後に扉の前で警備していた。湯浴みと着替えをして綺麗になった二人が出てきた際も、そしてウィリアムの発言を聞いても表情を変えなかったけれど。

『君の肌にキスマークを残せず残念だ。婚約が決まったのなら……』

護衛騎士達と移動する前、彼はみんなが見ている前だというのに名残惜しそうにレティシアの鎖骨の上に口付けた。

二人が婚約することは、ない。

レティシアは思い返し、罪悪感に苛まれた。

またしても青い髪をウィリアムに見られてしまった。しかも浴室では、月光があたりにきらきらと輝いてもいた。

(せっかく弱まっていた魔法が、もし強まってしまっていたら……)

「お嬢様？　いかがされましたか？」

声をかけられて、ハタと我に返った。

「い、いえ、なんでもないの」

いつも通りガーベラに世話をされた。不自然に思わせてはだめだ——そう思いつつも、その優しい手につい昨夜のウィリアムを思い返す。

時々彼の手は強引だったけれど、やはり優しかった。ベッドでは体勢がきつくないかどうか、終始レティシアを気遣って抱いてもくれた。

『身体がつらいだろうから、明日の休日はゆっくり休むといい』

そう告げたウィリアムを思い出すと、愛おしさが胸の底から溢れてつらかった。

(彼の顔が見たい、声が聞きたい――)

いけないと分かっていても恋心は強まるばかりだ。

(好き……ウィリアム様が好き、愛しています)

愛していると彼に言葉を返せたのなら……そして、子を宿せる相手であったら、どんなに良かったか。

レティシアは震える唇を噛んだ。

涙がこぼれないよう深呼吸をしてから、顔をすっと持ち上げた。

「ガーベラ、マーヴィー様と会いたいわ。すぐに手配を」

青い髪を見られた。それを、すぐ相談しなければと思った。

すると、ガーベラが戸惑った表情を浮かべた。

「実は、ちょうど今朝にご連絡があったようですわ。目覚めたあとでご対応のほどを聞きたいと、ロレンツ様に先程言伝をいただいておりました」

ロレンツは、ラクール家の執事だ。

「えっ？　そ、それで、マーヴィー様はなんとおっしゃっていたの？」

「本日の朝に殿下を診察したようで、『こちらに急ぎ立ち寄りたい』と知らせが届いたようですわ。ロレンツ様は『まだお休みされているので後ほどお返事をいたします』とお伝えになったとか」

午後に両親が出掛ける予定が入っていて、ロレンツを連れていくとは父に聞いていた。

「急がせても悪いから、今からロレンツのところへ行って、お父様達が外出されたあと、マーヴィー様がうちに立ち寄れるよう手配をお願いできるかしら？」

「かしこまりました」

ガーベラが笑顔で請け負い、いったん出て行く。

急ぎ会いたいという内容はなんなのだろう。タイミングがタイミングなだけに、レティシアは緊張した。

午後に両親が出掛けたのち、マーヴィー氏がやってきた。
出迎え、客間へと案内したレティシアは緊張していた。ガーベラ達に紅茶を淹れさせたのち、全員下がらせてから聞く。

「朝早くにウィリアム様の診察をされてきた、とうかがいました」

「はい。そこで分かったことがあり、至急ご共有したく訪問させていただきました。休日のところご対応をありがとうございます」

至急共有したいこと、と聞いて緊張感が高まった。

「そ、それで……それはいったいどのようなことなのでしょうか？」

「殿下の魔法ですが、我々が計算していた時間よりも随分早く弱まっておられました。もう聖水を使えるかと思います」

「えっ、本当ですか⁉」

思ってもいなかった吉報で驚く。

レティシアの驚きを、彼は喜びだと受け取ったらしい。珍しく微笑みを浮かべて頷いた。

「はい、本当でございますよ。最近の殿下もほぼ普段通りのご様子に戻られていることは、顔を合わせているレティシア様も感じていたこととは存じます。本当にお疲れ様でございました」

レティシアは小さな疑問を覚え、戸惑った。

「でも、昨日もウィリアム様は……」

「こちらが聖水になります。我々も見届けるまではそばで見守っております」

マーヴィー氏は吉報を届けられて胸が躍っていたのか、そう言いながら鞄(かばん)から水の入った美しい小瓶を取り出してテーブルに置いた。

それを目にしたレティシアは、頭の中で起こっていた思考も吹き飛ばされた。

「レティシア嬢が次に殿下に会いに行かれる前にはあった方がよいでしょうと思い、本日届けにまいりました」

魔法をかなり弱められれば、使うことができるという魔法解除薬の聖水だ。

（とすると本当に、専門家の目から見ても魔法は強まっていなかったのだわ……）

そばにいるだけで魔法が弱まるというマーヴィー氏達の検証は正しく、そして見事成功を収めたのだ。

レティシアは昨夜、ウィリアムとずっと一緒にいた。

（そのおかげで青い髪の魔法も効果を発揮しなかった……？）

とにかく、さらに魔法がかかってしまうという事態にならなくてよかった。

そこにほっとして、レティシアは小瓶を手に取った。傾けると中の水が揺れてきらきらと光を反射した。

「これを殿下に飲んでいただければいいのですか？」

「はい。口にして数時間以内に急激に眠くなり、目覚めた時には魔法はすべて身体から抜けているでしょう」

マーヴィー氏は、頼もしく頷く。

「殿下は警戒心もお強いとのことで、あなた様以外の者に言われても飲もうとはしないでしょう。先日、陛下達にもよろしく頼むと言伝をいただいております」

「まぁ、陛下達が……では、この話はもう……？」

「殿下のご様子を診察させていただいてすぐに。殿下の執務に関わる者達にも、本日中までに魔法解除に使う時間確保などのご協力を求め終える予定でおります。ですので、レティシア嬢は安心して殿下にお渡しください」

昨夜のことを思えば、合わせる顔などないと思っていた。

でも、終わりを告げるその聖水に、レティシアの中から再会への緊張なども飛んでしまった。

（もう、終わりなのね……）

初恋が、ひっそりと静かに終わっていくのを感じた。

夜会で会えることを喜んでくれたウィリアム。昨夜も王宮から見送った際に『また会いたい』と言って、キスをくれて――。

「あら？」

マーヴィー氏は先程、最近のウィリアムは『ほぼ普段通り』だと言った。

（でもおかしいわ。だって昨夜は青い髪を見たがって……）

「何か疑問でも？」

「いえっ、その……魅了は心を操る魔法、なんですよね？」

「人間を自分のもとへ呼ぶために恋心のような憧れを抱かせる魔法ですので、そういう言い方で正しいです。けれど同時に、魅了系の魔法は理性や思考を麻痺させるので、その者の本性を露わにさせるものとも言われています」

「本性……？」

「つまりは胸の奥底に押し留めている本音、などですね」

レティシアは、期待で胸が高鳴るのを感じた。

（昨夜も私の青い髪を褒めてくださった……少なからずウィリアム様自身の意思が含まれていたりするの……？）

また会いに来てと言ってくれたこと、優しくしてくれたこと。

夜会を楽しみだと言い、昨夜は『好きだ』『愛している』と言って、熱く、激しく抱いてくれた彼――。

すべて、魔法だけのことではなかったらいいのに。

（あっ……）

それは、都合よく抱きそうになった自分の願望だ。

レティシアは、魔法をかけてしまったことへの責任を思い、自分の期待へ静かに蓋をした。勝手な夢を抱いてはいけない。

「……ありがとうございます、マーヴィー様」

レティシアは、小瓶をきゅっと両手で握って、持ってきてくれたことへの礼を伝えた。

「それに魅了の魔法は、あなた様がおっしゃっていたように悪いだけのものではなくて——その人のことを深く知れるものかもしれない、と私も思わされていたところです」

『顔が怖いから——』

以前、ウィリアムが独り言のように口にしていた。

あれが、彼の本音の一つなのだろう。

プライドが高い彼が決して口にしなかったことを、魔法は引き出した。彼はどこまでもレティシアに優しかった——それが、彼の真実なのだ。

「ウィリアム様は冷酷と言われているお人ですが、国や、人のことをとてもよく思い、優しくしたいと常々思っていたのだと、私も感じることができました」

彼に抱かれたことに、後悔はない。

ウィリアムには迷惑だろうが、レティシアは——確かに幸せだった。

「明日、いつも通り王宮へ行きます。そして、急ぎウィリアム様に、この聖水を届けようと思います」

この聖水を、ウィアリムに渡して終わりにする。

だって、魔法は解けるものだ。

レティシアは明日の役目を終えたら、王都を離れることを心に決めた。

王都で最後の休日となり、その日は荷造りに追われることとなった。

両親は寂しがり、急きょ夜の観劇のチケットを取って家族で楽しんだ。アルフォンスは、始終困ったような顔をしていた。

そして翌日、週が明けて平日を迎えた。

いつも通りロジェが王宮から迎えの馬車と共に来て、レティシアはガーベラ達に出立の最終仕上げを任せて屋敷から出発した。

王宮に到着すると、マーヴィー氏から魔法解除の話を聞いた騎士達から「お疲れ様でした」と温かな労い（ねぎらい）の声をかけられた。

「殿下はこちらです」

ロジェに案内されたのは、大きな会議室だった。

聖水を手渡すだけ。別れのことで心に余裕がなく、日程を彼から聞き出すことを忘れていたとレティシアは思い出した。

まさかと思っていると、開かれた扉から政務関係者がたくさん集まっている様子が見えて、驚いて足を止めた。

出立の時間を考えると、午前中のうちに急ぎで済まそうとは思っていた。

しかし、まさか今日こんなにも大きな会議が入っているなんて予想外だっだ。

「あ、あの、お忙しいのでしたらまたあとで――」

「ああっ、本当に来てくださったんですね！　お待ちしておりました！」

資料を胸に抱えていた文官が、入室直前に急に方向転換して声をかけてきて、レティシアはまたびっくりした。

「どうされたんです？　さあ、どうぞ、ご案内いたします」

「ええと、会議のようですし待ちますからっ」

「会議はまだ始まっていませんよ。それに『〝届け物〟は重要であるので、いらっしゃったらすぐお通しするように』とは陛下からも通達がありました」

彼の話によると、国王達は早く魔法を解除して急ぎウィリアム自身に確認したいこともあるのだとか。

（私が魔法をかけてしまったせいで、何か確認が遅れていることがある、とか……？）

可能性はかなりありそうだった。王太子は国で一番仕事ができる人だとも知られ、頼りにもされている。

そういうことなら、一分一秒でも早く届けなければいけない。

「そういうことでしたら……お願いいたします」

「はい。どうぞこちらへ。ロジェ殿、しばしお待ちを」

レティシアは、どうぞと案内する文官のあとから恐る恐る会議室へと足を進めた。軍人は入れない場所のようで、ロジェが入り口で見送った。

初めて入ったその大きな会議室は、とても広かった。

まだ三割は着席をしていない状態で通路にも人が溢れ、レティシアは人々の間を「すみません」と言いながら文官と通っていく。

誰もがレティシアを目で追った。

視線を感じて緊張したものの、向こうでアルフォンスが手招きするのが見えて少し和らいだ。

「お兄様、あっ……」

しかし声をかけようとして、振りかけた手を止めた。

兄の隣の長椅子には——ウィリアムが座っていた。

真剣な顔で書類に目を通す彼の姿を見て、レティシアの胸は甘く高鳴った。

（なんて、凛々(りり)しい眼差しなのかしら……）

仮婚約者として交流している際には、見られなかった目だ。本当の彼が優しいと知った今、引き締まったその雰囲気を怖いとは思わない。

（ああ、思えば初めて見た時もそうだったわ）

レティシアは勝手に怖がっただけだろう。彼はああやって、真剣に仕事に取り組んでいただけなのだ。

かなり集中していたのだろう。彼はアルフォンスが肩をついてようやく「ん？」と言って顔を上げ、レティシアを目に留めた

「ああ、来てくれたのか」

目が合った途端、レティシアは鼓動が速まった。

にこやかな表情を見せた彼は、立ち上がりながら「少し待っていてくれ」と言うと、続いてアルフォンスを見た。

「アルフォンス、こっちに座って残りのページを確認しろ」

「俺の隣で話してくれても全然構わないのですが」

アルフォンスは、王太子相手だというのに畏れ多くもニヤニヤしている。

「兄のそばだと、彼女の気が休まらないだろう、とっとと代われ。そしてここから動くな、覗（のぞ）き見も禁止だ。分かったな？」

「くくっ、はいはい」

アルフォンスが笑いながら答え、ウィリアムがいた椅子に移動して作業を再開した。

「お、お兄様、相手は王太子殿下ですわ」

「いいんだ。身内だけの時はいつもこうで、こんなに場がざわついていては小さな声で話せば聞こえないからな」

慣れているのか、文官達も同意を示してくる。とはいえウィリアムの視界の外から『畏れ多くも自分達には真似（まね）できません』とジェスチャーで伝えてきた。

それをつい見てしまっていたレティシアは、ウィリアムに手を取られて後ろの壁近くまで移動した。

「また会えて嬉しく思う」

腰に腕が回されて軽く引き寄せられ、頰へキスを落とされた。

「昨日の休日は、君の顔が見られなくて寂しかった」

熱い彼の眼差しにじっと見つめられ、レティシアは大勢の人が集まっている場でのキスと、恋人同士のようなやりとりにも恥ずかしくなった。

思わず、気になって彼の向こうにある兄達の席を密かに覗き見た。

また何かしら悶絶されているのではないか――そう身構えていたのだが、アルフォンスも文官達も平然と会議の準備を進めている。

（初めの頃は、あんなに動揺していたのに……）

ほぼ毎日のように続いていたから、魔法のせいだと耐性がついたのかもしれない。

けれど、その日々も、もうおしまい。

レティシアは胸が締め付けられたが、勇気を出さなければと思って密かに深呼吸をした。

「お忙しいところ申し訳ございませんでした。今日は、こちらを届けに……」

ポケットに入れていた小瓶を取り出した。ウィリアムが受け取るためてのひらを向けてくれたので、そこにそっと置いた。

（――疑わずに、届け物を受け取ってくださるのね）

これも魔法のせいなのかもしれない。そう考えて、レティシアは切なく苦しくなる。

「これは？」

「ウィリアム様にかかってしまっている魔法を、消し去ってくださる聖水ですわ」

「魔法……」

彼の呟きは場のざわめきに紛れた。

当初指摘された時のように『そんなことはあり得ない』と怒るでもなく、反論するわけでもなく――ウィリアムは、じっと小瓶を見つめていた。

（……ウィリアム様は、魔法にかかっているせいで自覚がないものね）

マーヴィー氏の言っていた通り、魔法をかけたレティシアが渡したから、ウィリアムは受け取ってくれたのだ。

すべて魔法のせいなのだと思い知らされて、泣きたくなった。

明日には――彼は、レティシアに微笑まない。

(この会話が……彼との最後)

いずれ解けてしまう魔法だ。今、自分の手で終わらせよう。

レティシアは、ウィリアムに小瓶の聖水を飲むことを説明した。優しい口調で、この時間を噛み締めながら話した。

いつの間にかアルフォンスと文官達が、こちらの様子を注目していた。

「ですので、もし眠くなったら、そのままお休みください。目が覚めた時には……魔法も、完全に解けていますわ」

語り終わった時、ウィリアムは引き続き黙って見つめていた。

魔法のせいで理解できないからだろう。レティシアは一層悲しくなって、彼がどんな返事をするのか分かってただその時を待っていた。

「分かった。君が飲んで欲しいというのなら、この会議のあとにでもすぐ口にしよう」

やはり彼は拒まなかった。

聞き耳を立てていたアルフォンス達が胸を撫で下ろしている。

今日まで、レティシアは本当にたくさんの迷惑をかけた。兄、執務室に出入りする人達、ロジェや護衛騎士達や、王宮の人達――。

これをショックに思ってはいけない、悲しんではいけない。

(帰りに、世話になった方々にご挨拶へ行かないと)

レティシアは、ウィリアムが小瓶をハンカチで丁寧に包んで、胸ポケットへと入れる様子をぼんやりと眺めた。

「持ってきてくれてありがとう、わざわざすまなかった」

「あっ、いえ、とんでもございませんわ」

慌てて笑顔を戻したが、次の瞬間表情をつくるのも厳しくなった。

「また、来てくれるか？」

当たり前のようにそう言われて、胸が痛いほど締め付けられた。

（これは――魔法を解くまでの関係なの）

だから今日で、おしまい。

彼女は、すぐにでも別荘に帰るつもりでいた。

ウィリアムの魔法が解けたら仮婚約は解消されるだろう。このあとのことは国王達がしてくれるはずだ。

両親も、別荘で休みたいのだとレティシアが告げたら、よく頑張った、王都のことは任せてしばらくゆっくりしてくるといいと言って、娘の気持ちを優先してくれた。

（本来なら、自分の口からも謝罪するべきなのだけれど……）

何より彼女は、彼に嫌われることを恐ろしいと感じていた。魔法によってあんなことをしてしまったと謝罪する彼の姿も、見る勇気がない。

好きだった、今もとても愛している――。

彼女はそう伝えることができない唇を震わせ、口を開く。

「もしウィリアム様が、その時にも私にお会いしたいと思ってくださるのなら……きっと、会えますわ」

愛した人に嘘を吐けなくて、どうにかそう答えた。

もう、会うことはないだろう。

「それでは、また」

――さようなら。

そう意味を込めて、レティシアは淑女として美しい作法で頭を下げた。ウィリアムが口を開く前に、背を向けて出口へと向かう。

彼は躊躇（ためら）ったのち、視線を外して仕事のためアルフォンス達と合流した。

いつもみたいに『また、会いにくるんだよ』と追って言ってはくれなかった。

レティシアは胸が張り裂けそうだった。

――魔法が、解けていく。

専門家達が言っていた通り、今もなお、刻々と解け続けているのだ。

それをこんな形で実感するとは思わなかった。涙が込み上げそうになったが、会議室を出るとロジェが付いた。

忙しく王宮内を歩いて、自分の心にけじめをつけるように世話になった人を見付けては礼を告げた。

そして彼女は馬車へと乗り込んでようやく、走り出した車内で一人泣いた。

◇◇◇

朝に家族と別れを済ませていたレティシアは、王宮から帰ったのち、別荘の使用人達を連れて王都から出た。

王都の隣にある領地の別荘は、自然に囲まれて空気が清らかだ。

戻ってから五日は、あっという間に過ぎた。

これまで夢を見ていたのではないかとさえレティシアは思えた。別荘の二階の窓から見えた湖も、始まった生活も、何もかも以前と同じだ。けれど一つだけ変わったことがあった。

「お嬢様。ご友人様達から、またお手紙が届いておりますよ」

「ありがとう。早速読むから、そこに置いておいて」

返事を書くための一式を引っ張り出して移動したのち、私室のソファに座る。

そこにあったテーブルには、ジオ達からの手紙が並んでいた。先日初めて送ったレティシアからの返事は無事に届いたようだ。

「ふふっ、精霊の体質を嫌がっている方のガーデンパーティーを楽しんだのですって」

「相変わらず元気で楽しい方々ですねぇ」

そばで手紙の開封を手伝うガーベラだけでなく、私室を行き来するメイド達も笑って同意していた。

素敵な友人達は、わざわざみんな一通ずつ手紙を書いて送ってくれた。そこにはソランジュからの手紙もある。

『今日は休憩中、王宮の図書室でみんなで新刊の話をしました。その詩集を一緒に送ります。今度、みんなで話せると嬉しいよ』

『レティシア様、またご一緒にケーキでも食べたいですわ』

『カフェの約束は忘れてません。レティシア嬢が来たら行こうと決めて、僕達も楽しみに待っているところです』

彼らの言葉が、手紙の文章の一つずつが、レティシアの心に響いた。

別荘に引きこもっている彼女が寂しくないようにと思って、みんな王都での楽しかったこと、これから共に素敵なことをしたいと伝えてくれる。

王都に滞在したことで、素敵な友人達に巡り合えた。

読み終えた手紙を、大切そうに撫でるレティシアを見てガーベラが少し涙ぐむ。

「お嬢様、素敵なご友人様ができて本当に良かったですわね」

「ええ。みんな好きよ、大好きだわ」

「わたくし達も好きですわ。お嬢様を助けてくださったと聞いて、いつかお嬢様がお招きされた際には、心を込めて歓迎したいと思っているところですよ」

いつか、王都へまた行くことがあったのなら。

温かく微笑んだガーベラも他のメイド達も、レティシアが、今度いつ伯爵邸に戻るのかは聞かなかった。

その時、風が吹き込んだので右手で手紙を、左手で髪を押さえて開いた窓を見た。

今日もよく晴れていて、カーテンを揺らす風からは別荘を取り囲む自然の新鮮な匂いがした。

(なんて静かなのかしら)

髪を耳に引っかけた際、左手の薬指の硬質な感触に気付いてぴくっと手が揺れる。

「そういえばお嬢様、今夜もとても晴れるようですよ」

「昨夜も三日月が明るかったわね。心地いい水浴びだったわ。したいと感じるから、今夜も月明かりが強くていい夜になるのではないかしら」

「それでは、着脱がしやすい夜着にいたしますね。思い立った際にはその時に空いている者をお連れくださいませ」

「ええ、いつもありがとう」

戻って以来、外の水浴びにはメイドが数名付いた。近くを見回って、人がいないかを確認するのだ。

それは、レティシアが言い出したことではない。

きっとウィリアムのことを思ってだろうと勘ぐって、彼女は何も言わなかった。

（ウィリアム様……）

解除薬となる聖水を渡して、彼には何も告げず王都を出た。

彼から非難の手紙が来るのではないかと身構えていたが、別荘での生活は驚くほど穏やかだ。

両親から仮婚約破棄の知らせも届いていないが、ウィリアムにこうして放っておかれている現状が何より魔法が解けた証拠だろう。

（……これも、外した方がいいのかしら）

レティシアは視線を下ろした際、ウィリアムが仮婚約用にとくれた指輪をさりげなく見つめた。

国王側から正式な仮婚約解消の通達があるまでは、と思って着けていた。

けれど、そんな義務感も自分への言い訳でしかないのは分かっていた。引きこもっている別荘では意味がない。

「お嬢様……大丈夫でございますか？」

ガーベラの気遣わしげな声を聞いて、レティシアはメイド達から視線を向けられていることに気付いた。

「まだ、外せそうになくて。ウィリアム様が来た時に仮婚約指輪を着けていなかったら失礼かもしれない、と……そんなことでもう怒られないのに」

これが、唯一思い出に残ったものだからなかなか手放せない。

正直に打ち明けたレティシアは、ガーベラ達を思って笑い飛ばそうとしたのに、失敗して、口元に悲しみが浮かんだ。

「お嬢様……」

「ごめんなさい。あなた達まで悲しい顔をしないで。いいの、私は大丈夫――魔法のせいだとは分かっていたもの」

すでにメイド達は、ウィリアムに恋心を抱いたことを察していた。レティシアを心配して詳しく聞かないでいるだけだ。

彼が優しくしてくれたのも、愛を囁いてくれたのも、すべて魔法だった。

意味がないのだから指輪を明日には外そう。そう思うことを繰り返し、もう別荘で五日が過ぎてしまった。

（こんな気持ちでお返事を書くのは、失礼ね）

レティシアは、手紙を優しい手付きで一カ所に集めた。

「あとで書くわ。先に、少しガーデンハウスでゆっくりするわ」

「お供は……要りませんね」

ガーベラは付いていきたそうな顔をしたが、こらえてくれた。

「それでは、本日も、お時間を置いてから紅茶をお持ちいたします」

「ありがとう」

レティシアはメイド達に微笑みかけ、私室を出た。

戻ってきてからは読書にも身が入らず、落ち込んでいるのが見て分かるのか、別荘の者達もとてもつらそうだった。

だからレティシアは、一人ガーデンハウスでぼーっと過ごす時間を作った。

（――ああ今日も、なんて眩しい）

庭への出入り口になっている一階のガラス扉から出ると、頭上を覆う青い空からの太陽の光で視界が開けた。

そこにあるのは、湖へと続く、敷地内の自然と調和した美しい庭だ。

王都や王宮の作り上げられた美。そんな都会では見られない、ラクール家の自慢の別荘の贅沢な自然美である。

そこを少し進むと、建物から離れた場所にガーデンハウスはあった。

ただ一人、別荘で過ごすことを決めたレティシアの心を慰めるため、父と兄が発案し、伯爵家庭師も総出になって仕上げてくれた美しいガラス張りのガーデンハウスだ。

日中には日差しが降り注ぎ、ハウス内の周囲を取り囲む植物達も美しく見せた。

夜には星空が、雨の日は頭上から落ちてくる雨粒の光景も楽しめる。

「ふぅ」

ガーデンハウスの中に入り、中央にある半円のソファに腰を下ろす。

レティシアが昼寝もできるようにと大きく作られたもので、置かれたクッションも素晴らしい。

（こうしていると、少し落ち着けるわ……）

人の目もない。少し自分を甘やかしてふかふかのクッションに頭の横を沈める。

ガーデンハウスのガラスからは、柔らかな日差しが降り注いでいた。

外からは見えないよう周りを高い植物で囲まれ、中央に向かうに従って背の低い花々で彩られている。

（あ――ウィリアム様の瞳の色があるわ）

レティシアは、広場の一部のプランターが変わっていることに気付いた。

王都へ共に移動した際に庭師が買ってくれたのだろう。それはエメラルドの装飾が上品に施されていた。

『それに今は、君が欲しくてたまらない』

それを見ていると、それよりも美しかったウィリアムの瞳が思い出された。

気遣い見つめてきた瞳。ベッドで熱く見つめてきた彼の瞳――。一つになった際の愛おしくてたまらなかった感情も蘇った。

レティシアは、たまらず指輪を胸にかき抱いた。

「………ウィリアム、様」

忘れたいのに、忘れられない。

初めて好きになった相手の、愛しいその名を口にした時だった。

「レティシアっ、どこだ！　私の名を呼んだか⁉」

突如、ガーデンハウス内に大きな声が響いた。

レティシアは驚き、弾かれるように身を起こした。同時に植物で作られた通路ががさっと鳴って、ウィリアムが転びそうな勢いで飛び出してきた。

「え⁉　ウィリアム様⁉　ど、どうしてこちらに……っ！」

レティシアは悲鳴のような声を上げた。

彼が両手を素早く胸元の高さに挙げ「違うんだ」と言った。

「すまなかった、驚かせてしまったよな。どうか落ち着いて欲しい。驚かせないようにと思って進んで来たのだが、私の名を呼ぶ君の声が聞こえたもので、つい身体が動いてしまったんだ。申し訳なかった」

ウィリアムがまたしても謝った。そう言いながらじりじりと向かってくる様子は、小動物に逃げられてはたまらない人みたいだ。

レティシアはぽかんとしてしまった。

「……あの、本当にウィリアム様、なのですか？」

それは、出会った頃の彼らしくない姿で呆気に取られた。

そもそも彼は聖水も飲んで、無事に『冷酷な王太子』に戻っているはずだった。

両手を小さく上げたままのウィリアムが、警戒を解いたレティシアにほっとしつつ、頷く。

「ああ、私だよ。アルフォンスを補佐として同行させ、このたびは王太子として正式に訪問させてもらった」

とすると、王太子専属の護衛騎士達も馬に乗って行進してきたのだ。その中にはロジェもいるだろう。

今頃、別荘の使用人達はアルフォンスの指示を受けて、王太子一行を慌ただしく出迎えているに違いない。

けれど両親からは何も知らせがなかったし、レティシアはますます混乱する。

「あ、あの、魔法は解けたのですよね？」

とうとう目の前に立ってしまったウィアリムに、思わず尋ねた。

「そうだ。君が聖水を渡してくれた日に、魔法は消え失せた」

彼が言いながら、後ろポケットに差していた筒を取った。丸められた書面を取り出すなり広げる。

「魔法が完全に解けたことは、専門家チームにも確認させた。これが、その証明書だ」

それを目の前に突き出されて、レティシアは目を瞬いた。

それは国家機関の発行書印までされた証明書だった。受け取ってまじまじと見てみると、第一証人欄にはマーヴィー氏のサインがされ、携わった専門家達のサインもその下にずらりと続いている。

「……あ、あの、医療機関名の証文までされているのですが」

「君が納得してくれるよう、必要な専門機関はすべて呼んで徹底的に〝証明〟させた」

なんて、大それた証明方法を取ったのか。

「読み終わったな」

ウィリアムが取り上げ、続いて別の書面をまたしても差し出してきた。

また、何かの証明書だろうか。

そう思いつつ受け取ったレティシアは、内容を目に留めて驚いた。

それは、婚約の書面だった。

国王と王妃、そしてレティシアの父であるラクール伯爵もすでに婚約承諾までされてあった。日付を確認してみれば、先日だ。

これが正しければ、先日レティシアは王太子ウィリアムの婚約者になっていた。

「こ、これはいったい……？」

戸惑い、問いかけるように目を向けたら、ウィリアムが目の前で片膝をついてきた。

「ウィ、ウィリアム様⁉　いったい何を――」

「レティシア、私と婚約してくれ」

「えっ？」

突然彼から切り出された言葉に驚く。

「もちろん仮ではなく、結婚を前提としたものだ」

彼が胸に片手を添えてそう言うと、残った手でレティシアの指輪をされた手を恭しく持ち上げた。

「レティシア・ラクール嬢。私、王太子ウィリアム・フォン・ロベリオは、心からあなたを愛している。君に、永久に変わらない愛を捧げる――どうか私と、結婚して欲しい」

驚きすぎて呼吸が止まりそうになった。

いきなりのことが続いて、頭が混乱している。レティシアが思わず口をぱくぱくしていると、ウィリアムが察したように破顔した。

「すまない、アルフォンスからも色々と加減をするようにとは言われていたのだが、私が急ぎすぎたな。君を混乱させてしまったようだ」

「は、はい、えと……とても驚きました」

どうにか声を出すと、彼が真剣だった雰囲気を消し去って、柔らかな苦笑をもらした。

「素直だな――。隣に座っても？」

「は、はいっ、どうぞ」

「ありがとう」

お礼を言われる立場ではない。彼は王太子だ。

レティシアが手を貸すと、ウィリアムが一度立ち上がってから隣に座った。彼の体温が伝わって、彼女は緊張してきた。

「いい庭だ。これには幼少期にアルフォンスも関わったものだとは聞いた」

「あっ、はい、そうです」

「君のために、という献身的な発想を当時できたことにも、尊敬の念を抱く」

レティシアのために緊張をほぐそうとしてくれているようだ。

冷酷な王太子と聞いていたが、魔法にかかっていた時みたいに柔らかな人だという印象を受けた。彼は他人だって当たり前に褒められる男性なのだ。

（――ウィリアム様が、私のために来てくださった）

レティシアは隣に座っている彼を見つめ、胸が一層高鳴ってきた。

さりげなく緊張を解いてくれようとしている紳士っぷりにもときめいてしまい、どうにかこらえて自然を装い彼の話題を紡ぐ。

「ぇと、兄が王都の学校に通うことになる前に、私が寂しくないように父と立派なものを造り上げると約束してくださったんです。一人でゆっくりしたい時や、心落ち着かせたい時、考え事をしたい時にもよくここで過ごしています」

「アルフォンスからも聞いたよ。だからきっと、今日も君はここにいるだろう、と」

そこで二人の会話が途切れた。

彼は落ち着くまで待ってくれているのかもしれない。けれどレティシアはそわそわしてきて、つい質問した。

「あのっ、父達も一緒に来たのですか？」

「彼らは王都だ。私が迎えに行っていいかと許可を取った」

ウィリアムが真剣な顔を向けてきて、レティシアはどきっとした。

「レティシア、今日は君を迎えに来たんだ。私と一緒に王都に戻ってくれないか？　好きな時に会いに行けない距離など、私には耐えられない」

彼の目は真剣だった。

真っすぐ見つめられたレティシアは、どきどきして言葉が詰まって目を下に逃がした。

（でも、どうして）

彼女の手にあるのは、何度見ても見間違えることがない婚約の証だった。

魔法がすっかり解けたのは先程の証明書でも理解した。それなのに、なぜウィリアムに求婚されているのか？

「ウィリアム様が、連れ戻しにいらしてくれたのは嬉しいです。けれど、その……先日までのことは、すべて魔法のせいのはずで……どういうことなのでしょうか？」

口にするとやはり混乱してきて、つい答えを求めて彼を見上げた。

ウィリアムが優しい顔で苦笑する。

「証明書を持ってきて正解だったな。私が好きだと言っても、身体で愛していると伝えても君は魔法のせいだと思っているようだった。好きだと言葉が返ってこなくて寂しかったよ。それで私も魔法を消すことを真剣に考えて――」

「あの時には魔法だと自覚されていたのですか!?」

レティシアは、二人で熱い時間を過ごした時を思い出して頬を染めた。

「もちろんだ。ロッド・マーヴィーにも魔法が弱まっているとは、君も伝えられていただろう。すべて私自身の行動だった」

とすると、聖水を持っていった時に頬へキスをしたのも、ウィリアム自身がそうしたいと思ってしたことだったのだ。

みるみるうちに頬を染めたレティシアを、彼が隣から覗き込む。

「わけが分からない？」

「は、はい。だって二度目にお会いした時には、ウィリアム様は魔法にかかっていましたし……」

「私は元々顔が怖く、そのうえ『冷酷な王太子』と呼ばれるほど仕事中毒だった。感情を表現する、ということにも不器用なのも反省している。その結果、君を困らせて悩ませただろう」

「えっ？　それはどういう――」

「初めて君を見た時に、私は見初めてしまっていたんだ」

「えぇーっ」

予想もしていなかったことに驚くと、ウィリアムが苦笑した。

「君もそんな声を出すんだな」

「も、申し訳ございません、でも、その、とにかく驚いてしまって……」

「君が自分の魅力を理解していないことは、アルフォンスからも聞いていた。だが、君は本当に魅力に溢れた美しく愛らしい女性なのだ。私は、一目惚れだった」

追って告げられた誉め言葉に驚いて、その拍子に手が書面から離れてしまった。

予測していたのか、ウィリアムが落ちる前に受け止める。

「あ、ありがとうございます」

「いや、謝るのは私の方だ。実を言うと……」

ウィリアムが書面を筒にしまいながら、ばつが悪そうに視線を逃がす。

「魔法にかかってしまったのも、私が一目君を見たくて、こっそり狩りのルートを抜け出してしまったせいだったんだ」

それもまた、レティシアには予想外の事実だった。

「えっ？　ウィリアム様は自ら、別荘の方へ馬を走らせたのですか？」

「狩りの場所から、森の中の屋敷が少し見えていた。私はうまいことアルフォンス達を出し抜いて……そちらへ向かった」

護衛を付けないのは危険なことだったが、狩りに長けているだけでなく剣や乗馬の腕もあるからこそ、できたことだった。

「どうしても、また君の姿を見たかったのだ。王都で暮らしていないというので、あの機会でなければ会えない」

「ウィリアム様……」

「顔を見るだけでいいと思っていた。だが、その……森を進んでみたところ、水の音が聞こえてきて、そうしたら君が、そこに」

ウィリアムが顔の下を手で隠すように撫でる。

彼が辿り着いた時、レティシアは裸体で夜の湖に入っていた。

彼自身が姿を見るために起こした行動だったから、国王達もレティシアを悪く言わなかったのだ。

すべて腑に落ちたものの、レティシアもあの時を思い返して真っ赤になっていた。

彼が月光の下、水に濡れた彼女の乳房の先も目に収めていたことは、先日の男女の行為の際に聞かされていたことだ。

「……まさか覗きを？」

一度頭まで漬けた湖から、顔を出した時から見ていたのかしらと赤面した。

するとウィリアムが咳き込んだ。少し赤くなった顔をレティシアに向けると、慌てて否定してくる。

「ち、違うっ。それは断じてない！　私だって、まさか君が水浴びをしているとは思わなかったんだ。……しかも、全裸で」

彼がとうとう口元を手で覆い隠して赤面した。

レティシアも全身が熱くなった。魔法にかかっていた時と違って、それを口にする彼は見ている方が恥ずかしくなるくらい恥じらっていた。

「も、もちろん、下は見えなかった。だがすべて見えなかったから余計に……見たくなってしまったのも、ある……」

ウィリアムが耳も赤く染めて白状した。

「魔法にかかっている状態だったので、先日は初めてであるにもかかわらず余裕もなく脱がせてしまった。少し怖がらせたと思う。……それも、悪かった」

「い、いえっ、怖くはなかったです。その、恥ずかしかっただけで……」

レティシアは、両手をスカートに押し込んで消え入る声でそう答えた。繊細な話題だったが、抱かれたことを後悔していないと彼に伝えたかった。

するとウィリアムが「そ、そうか」と言って、落ち着かない様子でテーブルに置いた筒の位置を意味もなく整えたりした。

「魔法で、心も欲望もフルオープンの状態になっていたようだ。あの時の私は、周りからどう見られるんだとか考えずに心のままに行動していた。心に正直に過ごすことは私にとって初めての経験で、開放感があった」

(私の魔法は、彼を苦しめなかった)

それを伝えてくれたのも、彼の配慮なのだろう。

レティシアは彼の言葉にどんどん心が救われるのを感じた。彼は恥じらいをこらえた顔で、手を握って正直に打ち明けてくれる。

「私は、惚れた君を独り占めしたくてたまらなくなっていた。独占したいと嫉妬を剝き出しにして、愛でたいと思うままに君をそばに置いた。……そんな私を軽蔑するか？」

彼が、隣から見つめ返してくる。

レティシアは首をぷるぷると左右に振った。

「軽蔑なんてしません。好きだからそうしたい、と思うことに、身分も立場も関係ありません」

これまでの彼の行為も言葉も、すべて〝本音〟からきていたのだ。

(嬉しい)

ウィリアムは、執務室に訪れたレティシアを一目見て見初めた。

そしてレティシアは、それを知らないまま彼と過ごして、恋に落ちた。

これまで、魔法のせいだと思っていた彼の行動は、特別な想いがあってのことだったという予想外の事実が、彼女の胸を熱く震わせていた。

「恋をするのは自由で、好きになってしまうことは誰にでも訪れることで――」

「そうだ、恋をするのに相応も不相応もない。王族である私も、精霊の子孫としてその体質を持って生まれた君も」

ウィリアムに優しい顔で覗き込まれ、レティシアはどきんっと胸が鳴った。

そう。好きになるのも恋をするのも、いつ、どこでどうそれが起こるかも誰にも分からないことなのだ。

見つめてくる彼は愛おしげで、彼女もまた瞳に愛情を隠せないでいた。

ウィリアムが身を寄せてレティシアの手を取り、指輪を撫でた。

「今も着けてくれていて、ありがとう。私も魔法が解けてからも、一度たりとも身から離さなかった」

「ウィリアム様……」

「私に、恋をしてくれたんだろう？」

ばっくん、と心臓がはねた。

「そ、それはっ」

「いいんだ、気付いていた」

咄嗟に手を引っ込めて離れようとしたレティシアを、彼は優しく両手で手を握って引き留めた。

「えっ……？」

「私は、君に好きになってもらいたくて行動した。そして君の気持ちが私に向かってきていると分かってすぐ、もっと意識して欲しくて休日に王宮に呼び、キスもした」

レティシアは、初めて彼にキスをされた休日の二人きりの茶会を思い出した。

「聖水を飲んだあとにマーヴィー氏に君への気持ちを打ち明けたら、納得していたよ。その場合、心の内が曝け出されて『愛でたい』という欲望も止まらないらしい。そんな私が仕事をできたのも、君の兄のおかげだ」

仕事もできない男に妹をくれてやるわけにはいかないので、きちんと仕事をしろ。でなければ連れてこないぞと叱られたという。

「お兄様がそんなことを……」

「バレていたんだ。初日に、私が君に惚れてしまったことを」

アルフォンスが彼に味方する意見ばかりだったのは、そのせいだったらしい。

「とすると……ご挨拶で何か失敗してしまったと感じたのも、魔法にかかったせいで想いを寄せられたと思っていたのも、私だけ……？」

「執務室にいた者も全員気付いていたそうだ。ずっと、私達を見守ってくれていた」

訪問を歓迎したのも、快く案内してくれたのも見守られていたことだったのだと分かって、レティシアは顔から火が出そうになった。

俯くと、ウィリアムが頭を寄せて指輪を撫でた。

「まだ指輪をしてくれていて、本当に嬉しかった」

「それは、その……外せなくて……」

「君がもししていなかったらどうしようと、アルフォンスに馬車の中で散々弱音を吐いた。そのたび『もう何度目だ』『うっとうしいからしっかりしろ』と叱られたよ」

「兄が申し訳ございませんっ」

「ふふっ、いいんだ。いつも彼は私にもはっきりと言ってくれる、正しくない時には叱り付けてもくれる――だから私は、彼を一層信頼しているんだ」

彼が笑ったので、近くから彼の顔を見上げたレティシアもつられて笑った。

「ウィリアム様でも、そうやって弱音を吐くことがあるのですね」

「君の魔法のおかげだよ。それまでアルフォンスに、人を素直に頼ることもしろと言われてきたが、私はなかなかできなかった――頑(かたく)なだった意地が取り払われて、すっきりした気がする。ありがとう」

魔法をかけてしまったのに、感謝を言われる立場ではない。

「私はただ、ウィリアム様を魅了してしまっただけで――」

「魅了は、すでに恋心を向けている者には本音を引き出す魔法のようになるらしい。一目惚れし、育っていく恋心が君の目にも分かるくらい前面に出ただけだ。まるで『この人と結婚しても大丈夫なのか』と先祖の精霊が、今でも君を見守ってくれているみたいに」

ウィリアムが、愛おしげにレティシアの頬をくすぐる。

「私は魔法にかかってよかったと思っている。不器用だった私が、こうして君への思いを語り、愛を口にできるようになった」

「……ウィリアム様は、私でよろしいのですか？」

「言っただろう、君は私の運命の人だ、と。私は君が欲しくてたまらない。私は君の夫になりたいし、君に妻になって欲しくてたまらなくて婚約もしてきた」

レティシアが嬉し涙を浮かべると、彼も愛情深く微笑み、近くで向き合ったまま改まるようにして彼女の両手を取った。

「何度でも言おう。私、ウィリアム・フォン・ロベリオは、君を心から愛している。ロベリオ王国の貴族紳士として、王家の男児として永遠の愛を誓う。この命が尽きるまで君を守り、愛し、幸せにする。だからレティシア、私と結婚して欲しい」

告げる彼の美しいエメラルドの目には愛情が満ち、これまですれ違っていた心も一瞬ですべて解かしてしまった。

実感させるようにまた言葉を紡いでくれた彼に、レティシアは涙が溢れた。

「はい……はいっ、喜んで」

ウィリアムが、嬉しそうな締まらない顔で噴き出した。

「どうして泣くんだ、レティシア」

「う、嬉しくて……だって私、恋したことを忘れなくちゃいけないんだと思って」

この手を握ってくれている彼が愛おしくて、涙が出てくるのだ。

すると彼が頬を包み流れる涙を指で拭った。

そのまま彼の方へ引き寄せられる。レティシアは抗わず——次の瞬間には、二人はしっとりと唇を重ねていた。

久しぶりのキスは、優しくレティシアの心を癒やしてくる。

涙なんて止まってしまった。互いの唇を感じ合うことに集中していたものの、間もなくそれだけでは足りないと言わんばかりに二人は抱き合い、夢中になって舌を絡めた。

「はっ、ぁ……ん……好き、ウィリアム様……んんっ、好きです」

これまで伝えられなかった想いが、どんどん口から溢れてくる。

嬉しい再会を祝うように、そして新たな門出となった婚約を喜んで、レティシアは彼と込み上げる熱い感情のまま舌も吸い合った。

「知っている。君の目が、身体が、それをずっと私に伝えてくれていた」

必死なキスの合間にウィリアムが教えてくれた。

「魔法を解かなければ君が口にできず、苦しい想いをすると気付き、会議室では呼び止められなかった」

（そういうことだったのね――）

もう、互いの間にも何も心残りはなかった。

レティシアは日中だとか、そういうことも考えず愛おしい人に甘い吐息と声を聞かせ、自分からも彼の舌に積極的に吸い付いた。

好きな人とのキスは、くらくらするくらいに甘美だった。

やがてウィリアムが唇を離し、レティシアは幸福感のような心地に包まれてくったりと彼の腕の中に抱き留められた。

「君が私に恋をしてくれたんだ。もっと、忘れられないようにしなくては」

彼がキスで上がった吐息を混ぜてそう言い、ぐっと身体を押し付けた。

「あっ……」

硬くなった彼の一部が当たって、レティシアは顔をさらに赤くした。

「離れている間とても寂しかった。君に会いたくて、今はこうして触れることができた君が欲しくてたまらない」

「い、いけませんわ。ここは実家の別荘で……」

「加減はする。君の兄にもそう言われたばかりだからな」

「そっ、そういう意味だったのですか⁉」

レティシアは察し、もう首まで真っ赤になった。

「時間はアルフォンスが稼いでくれるらしい。私が君を連れて行くまで、一時間と少しくらいならなんとかなるだろう、と」

「次に、二人の時間が取れるのは……」

「たぶん夜になる。抜け出して君に会いに行こう。だが……今すぐ、確かめたい」

ソファに優しく押し倒された。熱に悩まされた彼の表情は美しく、レティシアは熱が灯った身体の奥がカッと燃え上がるのを感じた。

「レティシア、君を愛しているのだと、今すぐ証明させて欲しい」

「……はい、私もウィリアム様と触れ合って……あなたを感じたいです……」

これが、現実であると確かめたい。

「ありがとう、レティシア」

惹かれ合うように顔を寄せ、再び唇を重ねた。

唇が触れ合った途端に想いは弾けた。こうしていられる時間は少ない。二人は貪るようにキスを交わしながら互いの衣服を乱した。レティシアが開くのを手伝うと、ウィリアムがジャケットも脱いでベルトもそのへんに投げ捨てる。

「あんっ……ンン……」

ドレスの襟を引きずり下ろされ、乳房がこぼれる。それを愛撫されながら彼にスカートをたくし上げられ、中を早急に探られた。

激しくて、ついていけるか不安になった。

けれどレティシアのそこは、彼を感じてすでに濡れ始めていた。

「はぁっ――あ……あぁ、いい」

気持ちよくてキスをしていられず、彼が愛撫してくれている手を見た。彼の指の動きに合わせてちゅくちゅくと下着が濡れていく。

「今日の素直な君も、とてもいい」

すると、ウィリアムが不意に手を止めてレティシアの足を大きく開いた。

「あっ……何を」

「もっと、君が私を感じられるようにしたい」

下着を取られた。彼の顔がレティシアの足の付け根へと近付くが、そこを見られていることにもレティシアは抵抗しなかった。

彼が望むままに――そうどきどきして待っていると、次の瞬間、思ってもみなかった強い快感が走り抜けた。

「ひゃあっ、あ……あっ……あんっ」

ウィリアムが濡れた秘裂を舌で丁寧に撫でる。中にも押し入れて、敏感な場所にもちゅるちゅると吸い付いた。

「あんっ、んぅそ、激しいの、だめ……っ、も、もう……っ」

「気持ちいいのなら、いいと言って。時間がないとはいえ、君をよくしたい」

ウィリアムの余裕のなさは、快感を逃がさないよう太腿を摑んで押さえ、だめだと言ってもどんどん口で味わう様子からも伝わってきた。

足ががくがくと震え、下腹部の奥がきゅぅっと収縮する。

「ゃあっ、だめなの、気持ちいいっ、もうイッ――んんぅ！」

あっという間にレティシアは達した。

気持ちよさが蜜壺の中まで響くような快感で、背筋がぶるっと震えた。

けれど、これで終わりではないことは分かっていた。

「……あ、ン」

ウィアリムがレティシアの片足を肩にかけ、ズボンから飛び出した欲望をあてがう。ぬちゅ、と先端があっさり入って身体が震えた。

「さあ、入れるよ」

「は、い――きてください、ウィリアム様」

早く一つになりたい。レティシアは、ひだで彼の欲望にひくひくと吸い付いた。

直後、彼が息を呑み、そして身体を倒すようにして一気に押し進めてきた。

「あぁあっ、あ……ぁっ……」

狂暴すぎる欲望が、まだ行為に慣れていないレティシアの狭い隘路をこじあけた。

レティシアのそこは歓喜して締め付ける。

「くっ、いい……っ。やはりまだきついが、こんなにもねだられたら――すまないレティシア――。もう、止まれぬ」

ウィリアムは数回ほど前後して出し入れの具合を確認すると、すぐ腰を大きく振って奥を突き上げてきた。

「だ、だめっ、中、響いて、あんっ……すごく感じて……っ」

「挿れただけでイッていたから、もしやと思ったが。君もとてもいいようで、嬉しい」

彼が腰を摑んで遠慮なく体を揺らす。レティシアはたまらず喘いだ。膣奥に彼の熱がぶつかるたび、強烈な快感が突き抜けて今にも達しそうになる。

(ああ、どうして……こんなに気持ちいいの)

気持ちまで繋がった愛し合いは、レティシアに強い幸福感をもたらした。

ウィリアムが雄の本能剝き出しに腰を振る姿にも、彼女の胸がきゅんと高鳴る。

「くっ、また締まったな……っ。レティシア、気持ちいいか？」

「は、い、あんっ、いい、気持ちいいの、あっあっ、そこっ、また来る……！」

軽くまた達してしまい、レティシアは背をのけぞらせてぶるっと震えた。

「そうか、君は奥が好きなんだな」

彼が一層身体を倒し、がつがつと突き上げる。

けれど彼の目は、ただ一心にレティシアを見つめていた。恥ずかしいのに、彼女も嬉しくて、愛おしくて、一つになっている喜びで快感の波を止められなかった。

「あっあっ、あぁっ、だめ、強いのがくるの、もう果て……あああぁっ」

快感が奥で弾けて、下半身がびくびくっとはねた。

「くっ——よく、締まる」

ウィリアムが一度動きを止めた。しかし、すぐ腰を振るのを再開した。

「やっ、あんっ、あぁ……っ」

植物に囲まれたガーデンハウス内に、ねだるようなレティシアの喘ぎが響く。愛液をかき混ぜ、濡れた肌同士がぶつかる音も止まらない。

「ああ、可愛いよレティシア。奥が痙攣して、どんどんよくなっているみたいだ」

腰を激しく振り続けながらウィリアムがのしかかった。腰に腕を回してレティシアと指を絡めて片手を繋ぐ。

(ああ、なんて素敵なくらい雄の目をしているの)

目の前にあるエメラルドの瞳は、興奮しきった男の目をしていた。

彼とぴったりくっついた今、身体が一つになって揺れているように感じる。

「レティシアっ、愛してる。今度は共に……！」

狂暴なくらい彼の腰が乱れた。

疼く奥へ一突きごとにねじ込むような力強さに、快感が全身へと走り抜けていく。ぞくぞくっと子宮が震えるのが分かった。

「あんっ、あ、ああっ、イく……っ、ウィリアム様、私も……っ」

レティシアは、彼の手をぎゅっと握り返した。快感のよさに腰が浮く。足を広げて懸命に彼を迎え入れる。

二人は夢中になって腰を振り乱した。

身体をこすり合うように、重くて頑丈な扇形のソファをガタガタと揺らす。

（もうだめ、頭が真っ白になって……っ）

レティシアは達し、じーんっと甘く広がっていく快感を覚えながら彼の欲望を強く締め付けた。

「くっ――よすぎる」

ウィリアムが強く突き刺してぶるっと腰を震わせた。

膣奥に彼の熱い想いを注がれ、レティシアは幸福感の中でまた果てた。

（あぁ……中に、出て……）

締め付けた自分の中で、彼の一部がびゅくんっとはねるのを感じていた。

「レティシア……」

脱力してのしかかってきた彼が、感極まったようにキスをしてきた。レティシアも愛おしい人の顔を引き寄せ、舌を絡めた。

口付けていると、またしてもいけない熱が込み上げてくる。

やがて彼が軽く腰を揺らし始め、二人のキスの音にくちゅ、くちゅ、と愛液と子種が混じった水音が響き始めた。

――まだ、時間は残されている。

言葉もないまま、互いに抱き締め合って横向きになった。

キスをしながら腰を揺らし、結合部分をこすり合って行為を再開する。

「レティシア……もっと、君を感じていたい……」

足りないのはレティシアも同じだった。彼女が彼の腰に手を添えるのを合図に、ウィリアムが尻を引き寄せて再び腰を振った。

もうしばらく、幸せな喘ぎ声がガーデンハウスからこぼれていた。

エピローグ

ウィリアムとレティシアの婚約式が、ここ二週間世間を賑わせている。

お披露目(ひろめ)された婚約指輪と、それを互いにはめ合った際の二人の様子は、大変仲睦(なかむつ)まじかったと今も話題の熱は冷めない。

というのも、王太子の熱烈な婚約者愛が毎日噂されているからだ。

多忙の中、ウィリアムは時間を見付けてはレティシアと過ごしていた。王宮内を二人で散策し、休日には町にお忍びのデートをした。

どちらも大変見目麗しいので存在感は隠せていなかったが、王都民も知らないふりをして微笑ましく見守っていたのだった。

レティシアは妃教育が始まったばかりとはいえ、教養の高さは各教師陣も舌を巻くほどで、王宮入りもそう遠くないはずだと誰もが嬉しそうに噂した。

そんな中、社交界からひっそりと姿を消したのは宰相の娘メリザンドだ。

王宮の夜会で騒ぎを起こした彼女は、王の間でレティシアが『どうかご温情を』と声をことととなった。
上げて謹慎処分だけで済んだ。しかし宰相が誠意を示して、娘を遠い領地の一つへとやる
「おかげで、社交界も平和になったみたいですねぇ」
そう言ったのは『精霊の体質の会』のリーダー、ジオだ。
レティシアは今、王宮の美しい庭園で『精霊の体質の会』のみんな、そしてソランジュ
と大きな円卓を囲んでいた。護衛騎士の姿も建物側に隠れて開放的な雰囲気だ。
「あれでよかったのかしら……話し合ったら解決できる気がしたのですけれど、宰相閣下
もそれではだめだ、と」
「レティシア様はお優しすぎますわ」
「まぁ解決してよかったじゃないか、一時はレティシア嬢が戻ってこないかもしれないと
思ってハラハラしたよ」
「ほんっと皆様には感謝が尽きず……！」
そう言って頭を下げたのは、宰相の息子であるソランジュだ。
「あら、またですの？　ソランジュ様の頑張りで家も救われたのですわよ」
誰もがソランジュの勇敢な行動を褒めた。おかげで王太子の婚約者は怪我をせずに済ん
だこともあって、レティシアの減罪の訴えも通ったのだ。
「それに、この場で落ち込んでいるのはもったいないですわよっ」

「そうですわよ！　まさかの王宮の茶会！　そこにご招待していただけて光栄ですわ！」

「ほんとだよ、僕の父親も仰天してた」

またしても興奮したようにジオ達が言う。

これはレティシアの手柄でもなんでもない。この茶会の主催者は、彼女ではなく、ウィリアムなのだ。

レティシアが、近いうちに彼らとお茶をするのが夢なのだと話したら、彼が『先日のお礼に』と言って、王族専用のティーラウンジであるこの庭園を提供し、みんなを一挙招待してくれたのだ。

【未来の王太子妃の素敵な友人達への、特別な茶会】

そうウィリアムから招待状が届いた彼らの家も、誇らしげだったとか。

「ですので、お礼でしたらウィリアム様に」

「何度説明されても、これはレティシア嬢のおかげですよ。ほんと謙虚ですよねぇ。ああっ、殿下がいらっしゃるのを考えたら緊張してきた！」

「分かるっ、俺の身分で会えるお方ではない……！」

「ここへ来た時に、レティシア様と一緒に迎えてくださった殿下にご挨拶したでしょう。あなた方、進んでどんどん声をかけていらしていたのではないの」

呆(あき)れたように言った彼女が、ふふっと笑ってソランジュを見た。

「わたくしとしては、ソランジュ様とこうして座っているのも不思議な気持ちですわ」

「俺だけ精霊の体質持ちではないので、仲間外れの気分だなぁ」

「ははっ、暖炉の火に気を付けないといけないので大変ですよ」

途端、場にどっと笑いが起こった。

こうして、笑って話せる素敵な友人もできた。そして恋も――レティシアは、話すみんなを見つめて微笑む。

「あら、レティシア様？　どうされましたの？」

「夢みたいで、幸せで」

本心からそう述べると、彼らが顔を見合わせ、それからソランジュまでくすぐったそうに笑った。

その時、誰よりも先に答える声があった。

「夢ではないよ」

レティシアは、後ろから頬にキスをされて頬を染めた。ジオ達が控えめに黄色い声で騒ぐ。振り返ると、ウィリアムがにこっと笑いかけてきた。

「ウィリアム様、友人の前ですのに……」

「私は、君をとことん甘やかすと決めたからな。魔法のように消えてしまう夢ではないと、しつこいくらい実感してもらおうと思って」

「私、もう十分幸せですわ」

話している間に、ソランジュがレティシアの隣の椅子を引いた。

「殿下、どうぞ」

「ありがとう。昨日はご苦労だったな、書類作業はかなり助かった。アルフォンスも残業せずに済んだと礼を――ああ、アルフォンスも来るぞ」

ジオ達のそわそわとした視線に気付き、ウィリアムが告げた途端彼らが嬉しがった。レティシアはメイドに彼の分の紅茶をお願いする。

「やった！　俺、ご参加されるかもって聞いてから握手したいと思っていたんです！」

「わたくしも、姉にすごく自慢しましたわっ」

「レティシア様並みの美人！　そのうえ名誉で爵位も受けた王太子殿下の右腕！」

どうやら兄は、王太子の優秀な右腕としてもファンが多いらしい。ジオが言うには、若い令息達の憧れでもあるとか。

「兄までありがとうございます」

紅茶が運ばれ、ウィリアムが喉を潤すのを待ってからレティシアはそう言った。

「いや、個人的にも協力させることにしたんだ。それで共に休憩を取った」

「協力……？」

その時、見えない位置まで下がるメイドと入れ違いで、アルフォンスが顔を出した。

「さっきすごく盛り上がっていたみたいだけど、何か面白い話でもしていたのかな？」

彼がにこやかに問いかけてきた次の瞬間、ジオ達が一斉に立ち上がった。

「ほ、本物だ――っ！」

「んん？　俺の偽物でも出回ってるのかな？」

ユニークな冗談を交えたアルフォンスは、ジオ達に大喜びで向かわれて珍しく驚いていた。

くすくす笑ったソランジュが、「それじゃあ俺も」と言って立ち上がった。

「あら、ソランジュ様も行かれますの？」

「二人の邪魔をするわけにはいきませんから。アルフォンス殿一人だけでは殿下の『協力』は難しそうなので、加勢も兼ねて」

彼がウィンクをして、アルフォンスの方へ向かっていった。

レティシアも、この状況を見てウィリアムが言った『協力』とやらが分かってきた。

「ウィリアム様、もしかして茶会にご参加されたのは――」

「せっかく作ってもらった時間だ、レティシアは私を見ていてくれないと」

隣のウィリアムに肩を抱き寄せられた。

上品なコロンの香りが鼻先をかすめ、残った手で指を絡めて彼に手を握られ、レティシアは頬が熱くなる。

「……二人になる時間を作るためにいらしたのですね」

「昨日も一昨日も、公務でなかなか君と腰を落ち着ける時間が取れなかった」

「でも、まさか兄を巻き込むとは思いませんでした」

「私の腹心の部下として一役買ってくれると彼が言ったので、少しでも君との時間を楽しみたかったから、素直に頼むことにした」

彼に『素直に』と言われると、それなら仕方がないかと許してしまう。

アルフォンスも同じ気持ちなのか、加勢に加わったソランジュに握手会は薔薇を見つつどうかと提案されると、それはいいねと明るく答えて動き出す。ジオ達が「薔薇が似合う！」と騒いであとについていった。

賑やかな声が遠のく中、ウィリアムがレティシアの唇に軽くキスを落とした。

「会える時間が限られているのは、つらいよ」

「私もです。でも……だからこそ、いつかこうしてウィリアム様とずっと一緒に過ごせる日が楽しみです」

今は妃教育を頑張っているところだ。引きこもりには難しい教育もあるが、レティシアは彼を支えられる王太子妃になりたかった。

大先輩である王妃も協力してくれている。それから、ジオ達やソランジュ、社交の場で出会った貴族達も――。

「結婚式の時には、子が宿っていたらもっと嬉しいんだがな」

ウィリアムが額にキスをし、密かにレティシアの腹を撫でた。

魔法にかかっていた時よりも過ごす時間は減ったが、その分、心待ちにしていた愛し合う時間が訪れると、以前よりも一層特別なものに感じた。

「そうですね。こんな待ち遠しく感じるなんて、思ってもいませんでした」

子ができても大丈夫なのだ、彼が安心させてくれていた。

だから、ここにもし愛の結晶が宿ってくれたら――と思って、レティシアは彼と熱い時間を過ごすたび幸せしかなかった。

「私、幸せです」

「私もだ」

レティシアは、ウィリアムと婚約指輪をはめた手を握り合い、残った手を膝の上で重ね合って唇を重ねた。

ジオ達が戻るまでの少しの間は、と思って言葉もなく愛を伝え合う。

二人は、愛に溢れた家庭を築ける予感がしていた。

あとがき

百門一新(ももかどいっしん)です。このたびは多くの素敵なご本の中から、本作をお手に取っていただきまして誠にありがとうございます！

有難いことに、ヴァニラ文庫様からの二作目です！

今回は、少しファンタジーも入れて、精霊の子孫達がいる世界で髪が青くなる令嬢と、王太子の魔法から始まる——周りに見守られている系の二人のお話を、ロマンチックな雰囲気の物語を目指して執筆させていただきました！

担当者様とのお打ち合わせの際、「ファンタジー要素はありますが、実はヒロインの髪が青くなる溺愛ものを考えて～」とお話したことがきっかけです。

「えっ、面白い！」

と即反応され、嬉しいことにもっと知りたいと言って、現時点で考えているネタだけでもとお話しを聞いてくださって「よろしければぜひうちで！」とすごい熱意で嬉しいことを言われたのがすべての始まりでした。

担当者様には本当に感謝でいっぱいでございます！

ファンタジーが入った恋愛ものもかなり大好きでして、ふと思いついた設定と世界観ではございましたが、「ファンタジーとして強めてもかなり面白そう！」とか、引きこもり令嬢と王太子以外のパターンを見てみたいな、とか、原稿をしながら妄想も楽しんでしまうくらい楽しかったです。

他にも精霊の体質持ちとか、魔法とかあるはずで……。

そしてそこには、それぞれの恋愛物語が絶対ある……！

物語を書きながら「他のキャラ達だったら、どんな恋愛をするんだろう？」と妄想し、一人でわくわくしてしまったのは秘密です。

登場したキャラの妄想も止まりません！　それくらい執筆が楽しい世界観でした。

妹のことが落ち着いて安心した兄のアルフォンスも、運命の女性に気付いたり出会えたりしそうですし。意外と他部署に癖が強い友人か後輩がいたりして、「おいおいおい、それはまずいだろうに」と、また新たな恋愛事に巻き込まれそうだなぁとか。

もちろん、レティシアと同じく精霊の体質持ちのジオ達も、それぞれ素敵な恋愛をしそうです！

実は「意外に、その中の引っ張るタイプの令嬢とソランジュがいい感じになっていいかないかな……？」とか妄想いたしました。

レティシアに初めて『素敵な女性』と『憧れ』たハイスペックなソランジュですが、彼女をきっかけに、身分とか立場とか気にしなくてもいい『精霊の体質の会』で素敵な異性の友人もできます。

陽気で前向き、レティシアを励まして元気付けた令嬢ですが実のところ『自分は恋愛なんてできないのかもしれない』と思っていて、そんな中でソランジュというまったく別世界のような人と知り合え、他の男性には感じない初めての気持ちを抱いて、気になる男性になっていって――とか、かなり妄想爆発いたしました。

ご縁がありましたらぜひ書かせていただきたいです（笑）

そう、このように妄想すればするほどコメディにも飛びそうになり「今回はだめ！　抑えて自分！」「今はロマンチック！」「目の前の原稿に集中してっ！」と自分に言い聞かせての執筆にもなりました。

今回はかなり改稿もさせていただきました！

そして髪が青くなるヒロインという特殊な要素があるレティシアの、カラーのイラストでも、カトーナオ先生と一緒に色合いについてもとっても考えてくださって、担当編集者様本当にありがとうございました！

カトーナオ先生っ、このたびはイラストをご担当いただきまして本当にありがとうございました！　憧れの先生に描いていただき感激でございました！

繊細で美しいカラーイラストの二人を拝見した時には「想像以上の二人がまさにっ、そこにっ！」と崇めてしまいました。美しいのに初々しい愛らしさも存在しているヒロイン！　クールな雰囲気がありながら色っぽさもあり美しい先生のヒーロー！

口絵では、髪が青くなったレティシアもとっても素晴らしく描いていただきまして、本当にありがとうございます！

青い髪色をどう表現するか、という部分から考えてくださって感謝でいっぱいでございます！　最高の仕上がりに感激いたしました！　夜の雰囲気に包まれた素晴らしいカラーイラストで、あのシーンのウィリアムを拝見できたのも感激でしたっ！

たくさんの素敵すぎる二人の挿絵も本当にありがとうございました！

担当者様、そしてこの作品にたずさわってくださったすべての人達に感謝申し上げます！　カトーナオ先生の素晴らしいイラストと共に、この物語をお楽しみいただけましたら嬉しいです。

百門一新

原稿大募集

ヴァニラ文庫では乙女のための官能ロマンス小説を募集しております。
優秀な作品は当社より文庫として刊行いたします。
また、将来性のある方には編集者が担当につき、個別に指導いたします。

◆募集作品

男女の性描写のあるオリジナルロマンス小説（二次創作は不可）。
商業未発表であれば、同人誌・Web 上で発表済みの作品でも応募可能です。

◆応募資格

年齢性別プロアマ問いません。

◆応募要項

・パソコンもしくはワープロ機器を使用した原稿に限ります。
・原稿は A4 判の用紙を横にして、縦書きで 40 字 ×34 行で 110 枚 ~130 枚。
・用紙の１枚目に以下の項目を記入してください。
①作品名（ふりがな）/②作家名（ふりがな）/③本名（ふりがな）/
④年齢職業 /⑤連絡先（郵便番号・住所・電話番号）/⑥メールアドレス /
⑦略歴（他紙応募歴等）/⑧サイト URL（なければ省略）
・用紙の２枚目に 800 字程度のあらすじを付けてください。
・プリントアウトした作品原稿には必ず通し番号を入れ、右上をクリップなどで綴じてください。

注意事項
・お送りいただいた原稿は返却いたしません。あらかじめご了承ください。
・応募方法は必ず印刷されたものをお送りください。CD-R などのデータのみの応募はお断りいたします。
・採用された方のみ担当者よりご連絡いたします。選考経過・審査結果についてのお問い合わせには応じられませんのでご了承ください。

◆応募先

〒100-0004　東京都千代田区大手町 1-5-1　大手町ファーストスクエアイーストタワー
株式会社ハーパーコリンズ・ジャパン　「ヴァニラ文庫作品募集」係

引きこもり令嬢は冷酷な王太子に甘く溺愛される
～仮婚約は破棄させてください!!～

Vanilla文庫

2023年6月20日　第1刷発行　定価はカバーに表示してあります

著　者　百門一新　©ISSHIN MOMOKADO 2023
装　画　カトーナオ
発行人　鈴木幸辰
発行所　株式会社ハーパーコリンズ・ジャパン
東京都千代田区大手町1-5-1
電話　03-6269-2883（営業）
0570-008091（読者サービス係）
印刷・製本　中央精版印刷株式会社

Printed in Japan ©K.K. HarperCollins Japan 2023 ISBN978-4-596-77500-9